Die *Märchen aus Schottland* sind von höchst unterschiedlichen kulturellen Einflüssen geprägt. Da waren in früher Zeit die aus Irland einwandernden Volksgruppen und die Römer, die bis an die Grenze des Landes vordrangen. Durch die Wikinger gelangten skandinavische Motive nach Schottland. Selbst in den christlichen Heiligenlegenden erhielten sich keltisch-heidnische Vorstellungen. Vor allem in den Sagen finden sich Motive, die an die Auseinandersetzungen zwischen England und Schottland erinnern. Die Topographie des Landes und die klimatischen Verhältnisse begünstigten den Glauben an Naturgeister und Feen.
Der vorliegende Band versucht einen Querschnitt durch die verschiedenen Erzählformen schottischer Folklore zu vermitteln: Neben den Geschichten um Märchen- und Sagengestalten, von denen man auch schon auf dem Kontinent gehört hat (Tom der Reimer, Tam Lin), sind große Zaubermärchen vertreten, Geschichten, die von Begegnungen mit den Wesen der Anderswelt berichten, schließlich auch einige Texte der städtischen, noch in unseren Tagen entstehenden Folklore. Ein Glossar der Märchen-, Helden- und Sagengestalten ergänzt die Textauswahl.

Frederik Hetmann (Hans-Christian Kirsch), geb. 1934 in Breslau, lebt als freier Schriftsteller in Nomborn/Westerwald. Er sammelte, übersetzte und edierte Märchen und Volkserzählungen aus England, Irland, Wales und Nordamerika. Er hat mehrere Biographien u. a. über William Morris, Robert Louis Stevenson, Georg Büchner und Rosa Luxemburg verfaßt. Zudem schreibt er phantastische Romane (›Madru‹, ›Der Wilde Park des Vergessens‹ und ›Der Kelim der Aphrodite‹) und ist der Verfasser zahlreicher Jugendbücher, für die er zweimal mit dem Deutschen Jugendliteraturpreis ausgezeichnet wurde.

Märchen aus Schottland

Herausgegeben, übersetzt
und mit einem Nachwort
von Frederik Hetmann

nebst einem kleinen
Glossar der schottischen Geister,
Feen, Heiligen-, Märchen-, Helden-
und Sagengestalten

Fischer Taschenbuch Verlag

Originalausgabe
Veröffentlicht im Fischer Taschenbuch Verlag GmbH,
Frankfurt am Main, April 1996

© 1996 Fischer Taschenbuch Verlag GmbH, Frankfurt am Main
Umschlaggestaltung: Thomas & Thomas Design, Heidesheim
Satz: Fotosatz Otto Gutfreund GmbH, Darmstadt
Druck und Bindung: Clausen & Bosse, Leck
Printed in Germany
ISBN 3-596-11391-1

Gedruckt auf chlor- und säurefreiem Papier

Inhalt

Der schwarze Stier aus Norwegen	7
Der Schwarze König von Marokko	12
Der junge König von Easaidh Ruadh	15
Die Abenteuer des Ian Direach	26
Die Tochter des Riesen	40
Der König der Lügner	56
Der Große Wind	69
Lod	72
Der König, der seine Tochter heiraten wollte	81
Der König von England	85
Tom der Reimer	109
Der Schmied und die Feen	118
Feengeschichten	121
Der verlorene Reiter	126
Nuckelavee	129
Adam Bel, Clym of the Clough und William von Cloudesley	132
Die blaue Mütze	142
Die Geschichte von Sir James Ramsay von Banff	147
Burke und Hare	151
Tam Lin	155
Das Braunchen	159
Gute Nachricht / schlechte Nachricht	162
Die beiden Taschendiebe	163
Die Jungvermählten aus Aberdeen und die Schokolade	165
Nachwort	167

Kleines Glossar der schottischen Geister,
  Feen, Heiligen-, Märchen-, Helden- und
  Sagengestalten   173
Quellenverzeichnis   201

Der schwarze Stier aus Norwegen

In Norwegen lebte vor langer Zeit eine Frau, die hatte drei Töchter. Die Älteste sprach zu ihrer Mutter: »Back mir ein Brötchen, und brat mir ein Schnitzel, und dann will ich ausziehen und mein Glück versuchen.« Ihre Mutter tat, wie ihr geheißen. Das Mädchen ging aus und kam zu einer alten Waschfrau, der sagte sie, worauf sie aus war. Die alte Frau bat sie zu bleiben. Dann hieß sie sie zur Hintertür hinausschauen, nämlich in die Zukunft, aber da sah das Mädchen nichts. Die alte Frau hieß das Mädchen bleiben, und am nächsten Tag hieß sie sie abermals aus der Hintertür schauen, und wieder war da nichts. Als sie aber am dritten Tag schaute, sah sie eine Kutsche sechsspännig die Straße daherfahren. Da rannte sie, um es der Alten zu melden. »Hopp«, sagte die Alte, »die ist für dich.« Da stieg das Mädchen ein, und fort ging's.

Die zweite Tochter sprach zu ihrer Mutter: »Mutter, back mir ein Brötchen, und brat mir ein Schnitzel, dann will ich fort in die Welt und mein Glück machen.« Ihre Mutter tat, wie ihr geheißen, und fort war sie und kam zu der alten Frau. Am dritten Tag schaute sie dort aus der Hintertür und sah eine vierspännige Kutsche kommen. »Hopp«, sagt die Alte, »die ist für dich.« Also stieg sie ein, und fort ging's.

Die dritte Tochter sprach zu ihrer Mutter: »Mutter, back mir ein Brötchen, und brat mir ein Schnitzel, dann will ich in die Welt ziehen und mein Glück machen.« Ihre Mutter tat, wie ihr geheißen, und auch die Dritte kam zu dem alten Hexenweib, das sie hieß, aus der Hintertür zu schauen.

Am ersten Tag sah sie nichts, am zweiten Tag auch nichts, aber am dritten Tag kam ein schwarzer Stier daher. »Hopp«, rief die Alte, als das Mädchen es ihr erzählte, »der ist für dich.« Das Mädchen fürchtete sich, aber schließlich kletterte sie doch auf den Rücken des Tieres, und fort ging's.
Sie reisten und reisten, bis das Mädchen fast ohnmächtig wurde vor Hunger. »Iß aus meinem rechten Ohr, und trink aus meinem linken«, sprach der schwarze Stier. Sie tat, wie ihr geheißen, und fühlte sich wunderbar erfrischt. Lange trabte das Tier dahin, dann wurde es Nacht, und sie kamen zu einem prächtiges Schloß. »Da bleiben wir über Nacht«, sprach der Stier, »denn dort drüben wohnt mein Bruder.« Und sofort waren sie dort. Sie stieg vom Rücken des Tieres, der Bruder brachte sie in das Schloß, und den Stier ließen sie die Nacht über im Park. Am Morgen trieb das Gesinde den Stier wieder herbei, sie führten das Mädchen in eine gute Stube und gaben ihr einen wunderschönen Apfel. Sie sagten ihr, den dürfe sie nicht zerteilen, es sei denn, sie sei in größter Not. Wieder setzte sie sich auf den Rücken des Stiers, und als sie geritten war, weiter, als ich es euch beschreiben kann, kamen sie zu einem noch schöneren Schloß. Spricht der Stier zu ihr: »Dort drüben wohnt mein zweiter Bruder. Dort wollen wir über Nacht bleiben«, und schon sind sie an Ort und Stelle. Es kamen Leute, die hoben sie vom Rücken des Tieres, und den Stier brachten sie über Nacht auf ein Feld. Das Mädchen aber führten sie in ein prächtiges Zimmer und drückten ihr einen Pfirsich in die Hand. Sie sagten ihr, sie solle darauf achten, daß sie ihn nicht zerteile, nur wenn sie in großer Not sei, dürfe sie das tun. Und am Morgen setzten sie sie wieder auf den Rücken des Stiers, und weiter ging es.
Auf der langen Straße waren sie unterwegs, bis sie an ein Schloß kamen, so groß und prächtig, daß mir die Worte fehlen. »Dort drüben«, sagte der Stier, »wollen wir die

Nacht verbringen. Dort wohnt mein jüngster Bruder.«
Und schwupp, waren sie auch schon dort. Wieder kamen
Leute und hoben sie von dem Rücken des Stieres und
brachten das Tier auf das Feld. Am Morgen führten sie das
Mädchen in einen Raum, prächtig, noch prächtiger, am
prächtigsten, und gaben ihr eine Pflaume. Wieder hieß es,
sie dürfe sie nur zerteilen, wenn sie in höchster Not sei.
Und schon war sie wieder draußen, das und sie auf den
Rücken des Stieres gesetzt war eines.
Sie ritten und ritten und kamen in ein dunkles häßliches
Tal. Da hielten sie an, und das Mädchen stieg ab. Spricht
der Stier zu ihr: »Bleib hier, rühr dich nicht von der Stelle.
Ich habe mit dem Teufel einen Kampf auszutragen. Wenn
du nicht an diesem Fleck hier bleibst, werde ich dich nie
wiederfinden. Wenn sich alles um dich blau verfärbt, habe
ich den Teufel geschlagen, wird aber alles rot, hat er mich
besiegt.« Sie setzte sich auf einen Stein, und nach einer
Weile nahm alles um sie eine blaue Farbe an. Glücklich vor
Freude stand sie auf und ging ihm ein Stück entgegen.
Aber als der Stier zurückkehrte, fand er sie nicht mehr.
Das Mädchen, die jüngste Schwester, lief und lief, bis sie
an einen Glasberg kam, den wollte sie ersteigen, aber das
schaffte sie nicht. Endlich, als sie um den Berg herumging,
kam sie an das Haus eines Schmieds, dem versprach sie,
sieben Jahre zu dienen, wenn er ihr einen eisernen Schuh
machte, mit dem sie den Glasberg ersteigen könnte. Nach
sieben Jahren bekam sie, was sie erbeten hatte, und bestieg den Glasberg. Dort erzählte man ihr von einem tapferen Ritter, der ein blutiges Hemd hinterlassen habe, und
wer es wasche, werde seine Frau. Die alte Frau hatte es
schon zu waschen versucht – vergebens, und dann hatte sie
es ihre Tochter zu tun geheißen. Und als die es nicht
schaffte, versuchte sie es mit dem fremden Mädchen.
Kaum hatte es damit begonnen, da wurde das Hemd völlig
sauber. Die alte Frau aber machte den Ritter glauben, ihre

Tochter habe es gewaschen. Also wollte der Ritter die älteste Tochter heiraten. Darüber wurde das fremde Fräulein ziemlich wütend, denn inzwischen hatte sie sich in den Ritter verliebt. Also nahm sie den Apfel und schnitt ihn entzwei. Er war innen voller Gold und Juwelen. Schönere hatte sie noch nie gesehen. »All das sollst du haben«, sagte sie der ältesten Tochter, »sofern du nur die Hochzeit um einen Tag verschiebst und mir erlaubst, in der Nacht allein in das Zimmer des Ritters zu gehen.« Damit war die älteste Tochter einverstanden, aber unterdessen hatte das alte Weib für den Ritter einen Schlaftrunk bereitet, den trank er und erwachte nicht mehr in dieser Nacht, erst wieder am nächsten Morgen. Die liebe lange Nacht sang das Mädchen:

> »Sieben lange Jahre hab ich gedient für dich.
> Den gläsernen Berg hab ich erstiegen für dich.
> Das blutige Hemd habe ich gewaschen für dich.
> Nun wach aber endlich auf, und betrachte mich.«

Am nächsten Tag wußte sie vor Kummer nicht aus noch ein. Da schnitt sie den Pfirsich auf und fand Schmuck, noch schöner als in dem Apfel. Und wieder gab sie ihn hin für eine Nacht in der Kammer bei dem schlafenden Ritter. Doch abermals hatte das alte Weib ihm einen Schlaftrunk gegeben, und er schlief tief bis zum frühen Morgen, mochte das Mädchen ihre Strophen singen, solange sie wollte. Am dritten Tag war sie völlig verzweifelt. Doch an diesem Tag ritt der Ritter auf die Jagd, und jemand fragte ihn, ob er denn nicht auch das Singen und das Stöhnen in seinem Schlafgemach gehört habe. Er sagte, er habe nichts gehört. Aber man versicherte ihm, es habe da jemand gesungen und gestöhnt. Ehe nun die dritte Nacht begann, zerteilte das Mädchen die Pflaume, und ihr könnt euch schon denken, was diese Frucht enthielt; noch kostbarere Juwelen. Wieder schloß sie mit ihrer Rivalin einen Handel.

Die alte Frau hatte auch schon wieder einen Schlaftrunk bereit, aber diesmal sagte der Ritter, er schmecke ihm gar zu bitter. Und als die Alte ging, um Honig zu holen, schüttete er das Getränk fort, und gegenüber der alten Frau tat er so, als habe er es schon getrunken. Dann gingen alle zu Bett, und das Fräulein sang wieder:

>»Sieben lange Jahre hab ich gedient für dich.
>Den gläsernen Berg hab ich erstiegen für dich.
>Das blutige Hemd habe ich gewaschen für dich.
>Nun wach aber endlich auf, und betrachte mich.«

Das hörte er und wandte sich ihr zu. Und sie erzählte ihm, was sie erlebt hatte, und er, was ihm zugestoßen war. Da befahl er, daß die alte Waschfrau und ihre Tochter verbrannt wurden. Er aber heiratete das Mädchen, und sie waren glücklich bis ans Ende aller Nächte Morgen. Sie haben es mir selbst gesagt.

Der Schwarze König von Marokko

Es war einmal ein Bauer im Norden von Schottland, dessen Ehrgeiz war es, seinem Lieblingssohn die beste Ausbildung zukommen zu lassen, die es in diesem Teil des Landes gab, und endlich sagte sich der Vater: Auch durch Reisen kann man was lernen. Also brachen Vater und Sohn zusammen auf, um zu noch mehr Wissen zu gelangen. Unterwegs trafen sie einen Fremden, der sie ganz freundlich fragte, wohin sie denn unterwegs seien. Der Bauer antwortete, sein Sohn sei in den besten Schulen Schottlands erzogen worden, aber seiner Meinung nach könne man nie genug lernen. Der Fremde schlug darauf vor, den jungen Mann zu unterweisen, ja, ihn in allen gelehrten Berufen zur Vollkommenheit zu führen, und zwar innerhalb von sieben Jahren. Damit war der Vater einverstanden und fragte nur, wo er nach Ablauf dieser Frist seinen Sohn wiederfinden könne. Der Fremde antwortete, wenn er ihn nach sieben Jahren nicht wiederbekomme, dann überhaupt nicht, und wo er ihn finden werde, das müsse er schon selbst sehen. Dann gingen sie ihrer Wege; der Bauer zurück zu seinem Bauernhof und der junge Mann zu seinem Lehrer an einen Ort, von dem keiner auf dieser Welt etwas weiß. Ehe die sieben Jahre um waren, begann der Bauer sich wegen des Verbleibs seines Sohnes Sorgen zu machen und beschloß, nach ihm zu forschen. Wie er so reiste, durchquerte er ein einsames Wegstück. Da kam ihm ein Mann entgegen, der war wie ein Pilger gekleidet. Er sagte dem Bauern, er wisse schon, weswegen er unterwegs sei, und das beste sei wohl, er gehe zu Doktor Spitznase in Oxford, der könne ihm sagen, wo sein Sohn sich aufhalte, denn er habe ihn schließlich dem Schwarzen König von Marokko überantwortet, und bei dem müsse er ihn abholen.

Als der Bauer in Oxford ankam, sagte ihm der Doktor, ja, er werde seinen Sohn wiederbekommen, wenn er ihn finde. Das war alles, was er dem gelehrten Herrn entlocken konnte, und also brach er zum Hof des Schwarzen Königs auf, den er auch erreichte, nachdem er viel Seltsames gesehen und erlebt hatte. Dort forschte er nach seinem Sohn, als sieben Tauben sich vor ihm niederließen, unter denen sollte er eine auswählen. Er wählte jene, die einen gebrochenen Flügel hatte, und tatsächlich, genau dieser Vogel war sein Sohn in Gestalt einer Taube. Der Bauer war glücklich, daß er den jungen Mann gefunden hatte, und sie nahmen vom Hof des Schwarzen Königs Abschied und machten sich eiligst auf den Heimweg. Unterwegs bekamen sie Hunger, da sie aber kein Geld besaßen, um sich etwas zu essen zu kaufen, schlug der Sohn seinem Vater vor, er wolle sich in ein Pferd verwandeln. Das solle er auf dem nächstbesten Markt dann verkaufen. Er müsse nur unbedingt darauf achten, nie die Zügel loszulassen, sonst werde das schlimme Folgen für ihn haben. Der alte Mann versprach, dies zu beachten, aber sorglos, wie er war, vergaß er es auch gleich wieder und ließ die Zügel, mit denen er das Pferd führte, los. Da geschah es. Denn nun stellte sich heraus, daß der König und seine Mannen hinter ihnen her waren. Der junge Mann verwandelte sich in einen Aal, das sahen der König und seine Ritter, und sie verwandelten sich in sieben Haie, die den Aal verfolgten. Als diese ihm dicht auf den Fersen waren, wurde er ein Vogel, aber sofort verwandelten sich seine Verfolger in Adler und setzten ihm weiter nach. Schließlich suchte er Zuflucht bei einer schönen Dame, die an einem Fenster stand. Er wurde ganz einfach ein Ring an ihrem Finger. Die Nacht kam, und aus dem Ring wurde ein Mann. Ihr könnt euch vorstellen, daß die Frau gehörig erschrak – aber ein bißchen freute sie sich auch. Der junge Mann sagte ihr, in welch großer Gefahr er schwebe, und bat sie um Hilfe, denn schon waren der Schwarze König und seine Edelleute unten am Tor, verkleidet als Musikanten. Der Verfolgte erklärte der Frau, sie würden sie um nichts anderes bitten als gerade um diesen Ring. Sie aber solle ihn ins Feuer werfen, dann sei er gerettet. So kam es auch. Die Musikanten am Tor baten die schöne Dame um den Ring, sie aber warf diesen ins Feuer. Als nächstes verwandelte sich der Bauernsohn in einen Sack Gerste, da wurden seine Verfolger Gänse, die die Körner fressen wollten. Er aber hatte sich schon in einen Fuchs verwandelt und verschlang all die Gänse, und damit hatte sein Kummer ein Ende. Er sagte der schönen Dame, er werde sie heiraten, und machte sich auf die Suche nach seinem Vater.

Unterwegs begegnete er einem Mann, der hatte zwei alte Weiber, und als er den Mann fragte, was er denn mit den beiden anfangen wolle, bekam er keine Antwort. Der junge Mann schlug vor, er wolle die beiden zusammenmahlen, und das tat er dann auch. Und tatsächlich wurde aus den beiden Häßlichen eine schöne Junge. Die Leute, die zugesehen hatten, staunten nicht schlecht. Dann machte er aus zwei alten Gäulen ein schönes junges Tier. Jemand wollte es ihm nachmachen, aber so leicht war das nicht. Schließlich hatte er den Mann auf dem Hals, der jetzt nur noch eine Frau hatte, und den anderen mit nur noch einem Pferd. Die zogen vor Gericht, und der Bauernsohn wurde wegen Zauberei zum Tode verurteilt. Aber er war so schlau, daß er alles wieder in Ordnung bringen und auch noch seinen Vater finden konnte, und dann ging er zu der Frau zurück und heiratete sie. Sie lebten glücklich und zufrieden, und alle Leute hielten große Stücke auf ihn, denn tatsächlich hatte er beim Schwarzen König von Marokko alles gelernt, was man nur lernen kann.

Der junge König von Easaidh Ruadh

Nachdem der junge König von Easaidh Ruadh auf den Thron gekommen war, führte er ein lustiges Leben. Er tat, was ihm in den Sinn kam und was ihm gefiel. Es gab da aber einen Gruagach* nahe bei seinem Palast, der wurde der braune Langhaarige mit den Locken genannt. Dem König kam es in den Sinn, ein Spiel mit ihm zu machen. Er ging zum Wahrsager und sprach zu ihm: »Ich möchte ein Spiel mit dem Gruagach carsalach donn machen.«
»Aha«, rief der Wahrsager, »bist du so einer? Etwas Törichteres konnte dir wohl nicht einfallen. Am besten wäre es, du würdest gar nicht hingehen.«
»Ich geh aber«, sagte der junge König.
»Dann gebe ich dir folgenden Rat: Versuche das Mädchen mit der rauhen Haut zu gewinnen, das der Gruagach gefangenhält.«
Der junge König legte sich also am Abend schlafen, und früh am Morgen wachte er auf, um das Spiel gegen den Gruagach zu machen. Er kam zu dem Gruagach, grüßte ihn, und der Gruagach grüßte ihn. Darauf sprach der Gruagach zu ihm: »Nun, junger König von Easaidh Ruadh, was treibt dich her? Willst du mit mir spielen?«
Sie spielten, und der König gewann.
»Nun nenn mir das, was du haben willst, da du gewonnen hast«, sagte der Gruagach.

---

* Gruagach ist ein Ungetüm, meist ist es weiblich. In diesem Märchen aber scheint es männlich zu sein. Siehe dazu auch das Glossar.

»Ich will das Mädchen mit der rauhen Haut, das du in deinem Haus gefangenhältst.«

»Ich habe viele schöne Frauen in meinem Haus, außer ihr«, erwiderte der Gruagach. »Und ich will keine andere, ich will diese«, sagte der König.

»Segen dir und Fluch dem, der dir das verriet«, rief der Gruagach. Sie ging nun in das Haus des Gruagach, und das Scheusal zeigte dem König zwanzig junge Mädchen. »Triff unter ihnen deine Wahl!«

Eine um die andere kam und sprach: »Ich wäre dir gut. Du wärest schön dumm, wenn du mich nicht nähmst.«

Der Wahrsager aber hatte ihm geraten, erst die letzte zu nehmen, die herauskäme. Als diese nun erschien, rief der junge König: »Die ist mein!«

Sie ging mit ihm, und kaum waren sie ein Stück von der Behausung entfernt, da veränderte sich ihre Gestalt, und aus ihr wurde die schönste junge Frau der Welt. Der junge König aber ging heim voller Freude, daß er eine so schöne Frau bekommen hatte.

Er kam zu seinem Palast und legte sich zur Ruhe. Wenn es am ersten Tag schon zeitig gewesen war, als er aufstand, so war es am zweiten Tag noch zeitiger, als sich der König abermals erhob, um mit dem Gruagach ein Spiel zu machen.

»Ich muß unbedingt zu diesem Spiel«, sprach er zu seiner Frau.

»Nun«, sagte sie, »jener Gruagach ist mein Vater. Und wenn du noch einmal mit ihm spielen willst, dann verlange, daß er dir das schäbige Fohlen samt Sattel als Einsatz verspricht.«

Der König ging also, das Scheusal zu treffen, und ihr könnt sicher sein, diesmal fiel die Begrüßung zwischen den beiden nicht so freundlich aus wie beim erstenmal.

»Nun«, sprach das Scheusal, »wie hat deine junge Braut dir gestern gefallen?«

»Sie hat mir sehr gut gefallen«, erwiderte der König.

»Willst du heute wieder mit mir spielen?« fragte der Gruagach.

»Deswegen bin ich hier«, sagte der König.

Sie begannen zu spielen, und der König gewann.

»Wähl dir deinen Gewinn, und sei nur nicht zu bescheiden«, sagte der Gruagach.

»Gut, dann gib mir als Gewinn das schäbige Fohlen mit dem Sattel auf dem Rücken.«

Sie holten das Tier aus dem Stall, und der König stieg auf, und es war ein rasche Stute, die er da bestieg. Er ritt heim. Seine Frau umarmte ihn, und sie waren glücklich in dieser Nacht.

»Ich wünschte«, sprach sie, »du würdest jetzt kein weiteres Spiel mit dem Gruagach machen, denn wenn er nun gewinnt, dann wird er Kummer auf dein Haupt häufen.«

»Ach was«, sagte der König, »Frauen sehen immer schwarz. Ich gehe hin und spiel noch einmal mit ihm.«

Er ging also hin und spielte mit dem Gruagach. Als er ankam, schien das Scheusal ganz außer sich vor Freude.

»Du bist tasächlich gekommen«, sagte er.

»Wie du siehst«, sagte der König.

Sie machten ihr Spiel, und zum Fluch für den König gewann diesmal der Gruagach.

»Also wähl dir einen Gewinn«, sprach der junge König von Easaidh Ruadh, »aber laß Nachsicht walten, denn ich besitze nicht solche Schätze wie du.«

»Was ich verlange, ist dies«, sagte der Gruagach. »Sofern du mir nicht das Schwert des Lichts vom König der Eichenfenster herbeischaffst, soll dir das Wesen mit der rauhen Haut den Kopf abschlagen.«

Der König ging heim, traurig, niedergeschlagen und mit düsteren Gedanken.

Die junge Königin kam ihn begrüßen, und als sie ihn sah, rief sie: »*Morooai!* Ach du meine Güte. Um dich steht es heute abend schlecht.«

Ihr Lächeln und ihr Glanz munterten den König etwas auf, aber als er sich auf einen Stuhl setzte, der ihm hingeschoben wurde, war sein Herz so schwer, daß der Stuhl unter ihm zusammenbrach.
»Was hast du denn?« fragte die Frau. Da erzählte ihr der König, was da geschehen war.
»Ach«, sagte sie, »was machst du dir Sorgen, du hast die beste Ehefrau in Erinn und das zweitbeste Pferd. Wenn du auf meinen Rat hörst, wird alles ein gutes Ende nehmen.«
Zeitig ging die Sonne auf, noch zeitiger war die Königin auf den Beinen, um alles für die Reise des Königs vorzubereiten. Sie holte das schäbige Fohlen, dem der Sattel auflag, aus dem Stall. Es sah aus, als sei es aus Holz, aber wenn man näher herantrat, funkelte das Fell, als sei es aus Gold und Silber. Der König bestieg das Tier, die Königin küßte ihn und wünschte ihm Sieg auf den Schlachtfeldern.
»Halte dich nur immer an den Rat, den dir das Fohlen geben wird, dann kann dir nichts passieren«, sagte sie.
Also begann er seine Reise, und im Sattel, mit dem schäbigen Fohlen zwischen den Schenkeln, fühlte er sich wohl.
Sie holten den Märzwind ein, der vor ihnen wehte, aber der Märzwind konnte sie nicht einholen. Sie gelangten an das Maul der Abenddämmerung und der späten Zeit, und schließlich waren sie am Schloß des Königs von den Eichenfenstern. Da sprach das Pferd zum König: »Wir sind am Ziel unserer Reise. Weiter müssen wir nicht. Höre auf meinen Rat, und ich werde dich dorthin bringen, wo sich das Schwert des Lichts des Königs der Eichenfenster befindet, und wenn es mit dir geht, ohne daß es ein Geräusch oder einen Laut gibt, ist das ein gutes Omen für unsere Reise. Der König sitzt jetzt zu Tisch, und das Schwert des Lichts befindet sich in seiner Kammer. Das Schwert hat an seinem Ende einen Knauf, und

wenn du es liegen siehst, zieh es leise aus dem Gestell am Fenster.«

Der König kam in die Kammer und trat vor das Gestell. Er griff nach dem Schwert, zog es heraus, aber im letzten Augenblick gab es ein Geräusch.

»Wir müssen rasch von hier fort«, sagte das Pferd. »Wir dürfen jetzt keinen Augenblick länger verweilen. Ich bin sicher, der König hat gemerkt, daß wir das Schwert genommen haben.«

Der junge König ergriff also das Schwert, und sie ritten davon. Nach einer Weile sagte das Pferd: »Besser wir halten jetzt erst mal, und du siehst dich um.«

»Tatsächlich«, sagte der König, als er Ausschau gehalten hatte, »da kommt eine ganze Schar schwarzer Pferde hinter uns her, und eines der Pferde hat eine schwarzweiße Blesse. Darauf sitzt ein Mann, der reitet wie toll.«

»Was Wunder«, sprach das Füllen, »dieses schwarzweiße Pferd ist mein Bruder. Es ist das beste Pferd in Erinn. Es wurde drei Monate länger gesäugt als ich. Nun paß auf: Mach dich bereit. Wenn der Mann, der es reitet, an uns vorbeikommt, wird er dich anschauen, und dann kannst du ihm den Kopf abschlagen. Mit keinem anderen Schwert, außer mit dem Schwert, das du geraubt hast, ist dies möglich.«

Als der Reiter sie also überholte und zu dem jungen König herübersah, schlug der ihm den Kopf ab, und das schäbige Füllen fing den mit seinen Zähnen auf.

Das war der König der Eichenfenster.

»Rasch, spring auf das schwarze Pferd«, rief das Füllen, »laß den Leichnam hier liegen, und reite so rasch wie du kannst heim. Ich komme langsam nach.«

Der junge König sprang auf das schwarze Pferd und, *moire!*, ging's auf und davon, und ehe der Tag zu Ende ging, war er daheim. Die Königin hatte ihn schon erwartet. Sie riefen Musikanten, und die Melodien, die sie spielten, ließen sie ihren Kummer vergessen. Am Morgen sagte der König: »Ich muß heute zum Gruagach gehen und schauen, daß er die Verwünschung, die er über mich gesprochen hat, aufhebt.«

»Paß auf«, sagte die Frau, »diesmal wird es nicht so sein, wie du es gewohnt bist. Er wird ganz wild sein und wütend und dich fragen, ob du das Schwert hast. Und dann wird er wissen wollen, wie du es an dich gebracht hast. Dann mußt du sagen: ›Wenn nicht ein Knauf daran gewesen wäre, hätte ich es nicht holen können.‹ Der Gruagach wird sich dann aufrichten, und du wirst sehen, daß er rechts an seinem Hals einen Leberfleck hat. Stich mit dem Schwert geradewegs in den Leberfleck hinein. Wenn dir das nicht gelingt, sind wir beide verloren. Sein Bruder war der König der Eichenfenster. Er weiß, daß sein Bruder sich nie von dem Schwert trennen würde, es sei denn, er wäre ums Leben gekommen. Der Tod der beiden ist in dem Schwert, und kein anderes Schwert auf Erden könnte den beiden irgendwelchen Schaden zufügen.« Die Königin küßte ihn und wünschte ihm Sieg auf den Schlachtfeldern, und er machte sich auf den Weg.

Er traf den Gruagach am selben Platz wie zuvor an.

»Hast du das Schwert?«

»Ich habe es.«

»Wie hast du es an dich gebracht?«

»Wenn es keinen Knauf hätte, wäre es mir nicht gelungen.«

»Zeig mir das Schwert.« »Es ist mir nicht erlaubt, es dir zu zeigen.«

»Wie hast du es an dich gebracht?«

»Wenn es am Ende nicht einen Knauf hätte, es wäre mir nicht gelungen.«

Da hob der Gruagach seinen Kopf, und der König sah den Leberfleck. Er stieß mit dem Schwert zu, traf genau die bewußte Stelle, und der Gruagach fiel tot um.

Der junge König ging nun heim, und als er im Schloß ankam, fand er die Wächter und Diener Rücken an Rücken gefesselt, aber seine Frau und sein Pferd waren verschwunden.
Als er die Wächter losband, sagte sie zu ihm: »Ein Riese ist gekommen und hat deine Frau und die beiden Pferde fortgeschleppt.«
»Kein Schlaf soll über meine Augen kommen, noch Ruhe in meinen Schädel, ehe ich nicht meine Frau und die beiden Pferde zurückgebracht habe.« Indem er dies sagte, brach er sogleich auf. Er fand die Spuren der Pferde und folgte ihnen. Die Abenddämmerung brach an, und immer noch hielt er nicht inne, bis er den Rand eines Waldes erreichte. Dort hatte jemand eine Feuerstelle gebaut, und er überlegte, daß er ein Feuer anzünden und die Nacht dort verbringen könnte.
Er saß noch nicht lange am Feuer, als der Hund Seang aus dem Wald gesprungen kam. Er grüßte den Hund, und der Hund grüßte ihn. »Huh, huh«, jaulte der Hund, »Schlimmes ist deiner Frau und den beiden Pferden widerfahren.«
»Genau das ist es, was mich so traurig und elend macht. Ich bin entschlossen, ihre Spuren zu verfolgen«, sagte der König, »aber es gibt keine Hilfe weit und breit.«
»Jedenfalls«, sagte der Hund, »brauchst du etwas zu essen«, und also sprang er in den Wald und trieb ihm Wild zu, das der König erlegen und über dem Feuer braten konnte.
»Ich glaube«, sagte der König, nachdem er gegessen hatte, »daß es wenig Zweck hat, weiter nach dem Riesen zu suchen. Das beste wird sein, wenn ich wieder nach Hause gehe.«
»Nicht doch«, sprach der Hund, »hab keine Furcht. Es wird sich alles ergeben. Aber erst einmal solltest du schlafen.«

»Wie kann ich schlafen, wenn keiner bei mir wacht«, sagte der König.
»Ich werde dich bewachen«, sagte der Hund.
Da streckte der junge König sich neben dem Feuer aus und schlief ein.
Als es nun Morgen wurde, weckte der Hund den König und hieß diesen, sich mit einem Stück Fleisch zu stärken und seine Reise fortzusetzen.
»Nun«, sagte der Hund, »wenn du Schwierigkeiten hast, rufe mich, ich werde dann im Augenblick bei dir sein.«
Sie sagten einander Lebewohl und gingen darauf ihrer Wege. Als es Abend wurde, kam der König an den Rand einer hohen Felswand, und auch dort stieß er auf eine Feuerstelle. Er sammelte Holz, zündete ein Feuer an und wärmte sich, als sich plötzlich der Falke vom Grauen Fels bei ihm niederließ.
»Huh, huh«, gurrte der Falke, »das ist ja eine schlimme Geschichte mit deiner Frau und den beiden Pferden, die der Riese entführt hat.«
»Da ist keine Hilfe«, sagte der König betrübt.
»Du mußt Mut fassen«, sagte der Vogel.
»Zunächst einmal brauchst du etwas zu essen.« Er flog davon und kam mit drei Enten und acht Krähen im Schnabel zurück. Die wurden gebraten und verzehrt. Dann sagte der Vogel: »Jetzt mußt du schlafen.«
»Wie kann ich schlafen«, sagte der König, »wenn niemand bei mir wacht.«
Die Wache wolle er gern übernehmen, sagte der Vogel. Da streckte sich der König wieder am Feuer aus und schlief ein.
Am Morgen weckte ihn der Vogel. »Wenn du in Schwierigkeiten gerätst«, sprach er, »so laß es mich wissen. Ich komme dir dann auf der Stelle zu Hilfe.« Darauf flog er davon. Der König lief den ganzen Tag, dann kam die Nacht. Die Vögel suchten ihre Nester auf, und es wurde

ganz still. Der Wanderer aber fand keine Ruhe. Er gelangte an das Ufer eines großen Flusses, und dort fand er wieder eine Feuerstelle bereitet. Der König entfachte das Feuer, und bald kam ein brauner Otter aus dem Fluß heraus, der sprach: »Huh, huh, schlimme Geschichte, das mit deiner Frau und den beiden Pferden, die der Riese entführt hat.«
»Da ist keine Hilfe«, sagte der König.
»Fasse Mut. Morgen, ehe es Mittag wird, wirst du deine Frau sehen. Aber zunächst einmal brauchst du etwas zu essen.«
Der Otter tauchte in den Fluß und kam mit drei herrlichen Lachsen zurück. Sie kochten sie und aßen sie, und danach sagte der Otter: »Jetzt mußt du schlafen.«
»Wie soll ich schlafen, wenn niemand über mich wacht?«
»Ich werde bei dir wachen«, entgegnete der Otter. Der König schlief. Am Morgen sagte der Otter zu ihm: »Heute nacht wirst du mit deiner Frau zusammensein.«
Der junge König verabschiedete sich von dem Otter, und das Tier sagte zu ihm: »Wenn du in Schwierigkeiten gerätst, rufe mich. Ich werde dann sofort zur Stelle sein.«
Der König ging weiter. Er kam an einen Felsen, und tief unten in einer Schlucht entdeckte er seine Frau und seine beiden Pferde, aber er wußte nicht, wie er dahin gelangen könne. Er suchte, um einen Weg zu finden, der zum Fuß des Felsen führte, und tatsächlich, da verlief eine gute Straße. Er begrüßte seine Frau, aber sie weinte sehr.
»O weh«, sagte er, »das ist schlimm. Da heulst du nun, da ich so lange nach dir gesucht habe.«
»Huh«, sagten die Pferde zu der Frau, »stell ihn vor uns hin, damit wir ihn immer im Auge behalten. Solange wir hier sind, besteht für ihn keine Gefahr.« Sie gab ihm zu essen und machte es ihm bequem, und nach einer Weile stellte sie ihn vor die beiden Pferde hin.

Als der Riese kam, rief er gleich: »Ich kann riechen, daß hier ein Fremder ist!«
Sagt sie: »Mein Schatz! Meine Freude, mein Reichtum, das ist nur der Pferdekot, was du riechst.«
Dann wollte er die Pferde füttern, da gingen die Tiere auf ihn los, und der Riese war dem Tod nahe. Er kroch vor ihnen davon.
»Mein Lieber«, sagte die Frau, »sie trachten dir nach dem Leben. Warum nur?«
»Wenn ich meine Seele im Leibe hätte, würden sie mich schon längst getötet haben.«
»Ja, aber mein Schatz, wo ist denn deine Seele? Ist sie etwa bei deinen Büchern? Dann will ich mich darum kümmern, daß ihr nichts geschieht.«
»Sie liegt unter der Türschwelle«, antwortete der Riese.
Als er am Morgen fortging, reinigte sie die Türschwelle, und wie er heimkam, ging er wieder die Pferde füttern, und wieder setzten ihm die Tiere böse zu.
»Warum hast du die Türschwelle gesäubert?« fragte der Riese die Frau.
»Weil dort doch deine Seele liegt.«
»Ich verstehe, wenn du wüßtest, wo meine Seele ist, würdest du nach ihr schauen.«
»Das würde ich.«
»Nun«, sagte der Riese, »es verhält sich noch etwas anders, als ich dir sagte. Unter der Türschwelle ist ein großer Stein, unter dem Stein sitzt ein Widder, in dem Bauch des Widders liegt ein Ente, im Bauch der Ente aber ist ein Ei, und darin steckt meine Seele.«
Als der Riese am nächsten Morgen aus dem Haus war, hoben sie den großen Stein, und heraus sprang der Widder.
»Wenn wir nur einen Hund hätten, der ihn zurücktreiben könnte«, sagte die Frau. Da rief der Mann jenen Hund, den er unterwegs getroffen hatte, und er kam an, den Wid-

der im Maul. Sie schlachteten den Widder, und heraus kam eine Ente, die flog mit anderen Enten davon. Da rief der König den Falken vom Grauen Fels, und im Nu war der Vogel zur Stelle, flog der Ente nach, schlug sie, holte das Ei aus ihrem Bauch, aber dann fiel es ins Meer. Als das der junge König hörte, sagte er: »Jetzt kann mir nur noch der Otter helfen.« Kaum hatte er den Satz ausgesprochen, da war das Tier auch schon zur Stelle, fischte das Ei aus dem Meer und brachte es der Frau.
Der Riese kam spät am Tag zurück, und als er das Haus betrat, zerdrückte sie das Ei zwischen ihren beiden Händen. Da brach der Riese zusammen und war mausetot.
Der junge König und seine Frau rafften so viel Gold und Silber zusammen, wie sie tragen konnten. Sie verbrachten eine lustige Nacht mit dem braunen Otter und eine zweite mit dem Falken vom Grauen Stein und dann noch eine dritte mit dem Hund aus dem Wald. Darauf kamen sie heim, und nachdem sie im Palast alles in Ordnung gebracht hatten, feierten sie ein schönes Fest und waren glücklich und zufrieden, daß sie einander hatten bis ans Ende aller Tage und aller Nächte Morgen.

Die Abenteuer des Ian Direach

Als die Welt noch jünger war als heutzutage, lebte ein Königssohn, dessen Name war Ian Direach, das bedeutet soviel wie »Ehrlicher John«. Er war ein großer Jäger, und als er eines Tages die Wälder durchstreifte, mit Pfeil und Bogen in der Hand, sah er über sich den schönsten Vogel, den man sich vorstellen kann, einen blauen Falken.
Rasch surrte sein Pfeil durch die Luft, aber der Falke entkam dem Geschoß, und nur eine blaue Feder fiel auf die Erde herab.
Ian hob die Feder auf, und als er heimkam, zeigte er sie seiner Stiefmutter, der Königin.
Nun war sie eine Frau, die bösen Zauber trieb, und als sie die Feder sah, wußte sie, daß diese nicht aus dem Gefieder eines gewöhnlichen Vogels stammte. Sogleich war sie entschlossen, sie müsse den blauen Falken bekommen, koste es was es wolle.
Also befahl sie Ian Direach, auszuziehen und nicht eher heimzukehren, bis er den Vogel für sie gefangen habe, und da Ian fürchtete, die Königin werde ihn sonst verzaubern, gehorchte er ihrem Befehl.
Er ging zuerst zu jenem Hügel, wo er dem Falken zuerst begegnet war, aber dort ließ sich keine Spur des wunderbaren Vogels entdecken.
Dunkelheit senkte sich auf die Erde, und die kleinen Vögel suchten Zuflucht zwischen den Wurzelstöcken der Dornensträucher. Als die Nacht angebrochen war, setzte Ian sich unter einen Baum, zündete ein Feuer an, um sich zu wärmen, und wollte sich gerade schlafen legen, als er ein

Rascheln hörte. In den Lichtkreis des Feuers schlich sich ein rotbrauner Fuchs, der hielt im Maul eine Hammelkeule und ein Stück Schafsfleisch.
»Das ist heute nicht das richtige Wetter, um im Freien zu übernachten«, sprach der Fuchs.
»Da hast du recht«, antwortete Ian, »aber ich muß für meine Stiefmutter, die Königin, den blauen Falken suchen. Ehe ich ihn nicht gefunden habe, kann ich nicht nach Hause zurückkehren.«
Da sah der Fuchs Ian mit seinen Augen voll schlauer Weisheit an und sagte: »Das ist eine schwere Aufgabe, aber wenn du gut aufpaßt, wird sie sich am Ende nicht als unmöglich herausstellen.« Und während sie die Hammelkeule und das Stück Schafsfleisch zum Abendessen miteinander teilten – Ian war hungrig wie ein Wasserbüffel –, erzählte der Fuchs, der blaue Falke gehöre einem Riesen mit fünf Köpfen, fünf Buckeln und fünf Warzen.
»Du mußt zu diesem Riesen gehen«, sagte der Fuchs, »du mußt dich ihm als Gehilfe verdingen und ihm sagen, du könntest besonders gut mit Vögeln umgehen. Er wird dann alle Habichte und Falken unter deine Obhut stellen, und unter ihnen befindet sich auch jener Vogel, den du suchst. Wenn der Riese einmal sein Haus verläßt, wird es für dich ein leichtes sein, mit dem blauen Falken auf und davon zu laufen. Aber bedenke dieses: Während du dich aus dem Haus des Riesen schleichst, darf das blaue Gefieder des Falken nichts, aber auch gar nichts dort berühren. Wenn du nicht vorsichtig bist, wird es dir schlimm ergehen.«
Ian dankte dem Fuchs für den Rat, und dann verbrachten die beiden den Rest der Nacht gemeinsam unter dem Baum.
Bei Tagesanbruch wies der Fuchs Ian den Weg zum Riesen mit den fünf Köpfen, den fünf Buckeln und den fünf Warzen. Ian lief bis zu den Bäumen am Horizont, und als er dort ankam, war es immer noch weit bis zu des Riesen Haus.

Aber als die Sonne unterging, hatte er endlich sein Ziel erreicht. Er klopfte an die große Tür. Der Riese öffnete selbst, und als Ian ihn sah, fragte er sich im ersten Schrekken, ob es nicht besser sei, sogleich wieder davonzurennen.
»Was willst du von mir, Königssohn?« brüllte der Riese.
»Ich will Euer Diener werden«, sprach Ian, »ich meine, falls Ihr einen gebrauchen könnt, der wie ich gut mit Vögeln umgehen kann.«
»Das trifft sich ja ausgezeichnet«, sprach der Riese, stieß die Tür weit auf und lud Ian ein, näherzutreten. »Ich suche schon längst jemanden, der sich um meine Habichte und Falken kümmert.«
Also wurde Ian im Haus des Riesen mit den fünf Köpfen, den fünf Buckeln und den fünf Warzen angestellt. Und tatsächlich, unter den Vögeln, die in seine Obhut gegeben wurden, befand sich auch der blaue Falke, den Ians Stiefmutter unbedingt haben wollte.
Als der Riese sah, wie verständig Ian mit den Vögeln umging, entschloß er sich, den Jungen eine Zeitlang allein zu lassen und auf die Jagd zu gehen. Und an einem solchen Tag war es, daß Ian sich zur Flucht entschloß.
Er wartete, bis der die Erde erschütternde Schritt des Riesen nicht mehr zu hören war. Dann holte er vorsichtig den blauen Falken aus dem Käfig. Er bedachte die Warnung des Fuchses und trug den Vogel so vorsichtig bis zur Schwelle, als sei er aus Glas. Aber, ach, als Ian die Tür öffnete und der Vogel das Tageslicht sah, spreizte er seine Schwingen, und seine blauen Schwungfedern berührten den Türpfosten, der ein quietschendes Geräusch von sich gab, das man über hundert Meilen und weiter hören konnte. Ian hatte nicht einmal Zeit, um sich zu bedenken, was nun zu tun sei. Schon war der Riese da und brüllte mit fünf Stimmen: »Du hast versucht, mir meinen blauen Falken zu stehlen. Du hast versucht, dich mit etwas davonzumachen, was dir nicht gehört!«

»Vergib mir!« rief Ian, »aber meine Stiefmutter hat mich ausgeschickt. Und sie hat zu mir gesagt, ohne diesen Vogel dürfe ich mich daheim nicht mehr blicken lassen.«
Da schaute der Riese Ian an, und ein schlaues Lächeln spielte in seinen zehn Augen.
»Den blauen Falken will ich dir gern geben«, sagte er, »aber du mußt mir das Weiße Schwert des Lichtes holen, das den Großen Frauen von Dhiurradh gehört.«
Und als Ian versprach, diesen Auftrag auszuführen, und mit leichtem Schritt davonlief, lehnte sich der Riese gegen den Türpfosten, lachte und lachte, und sein Gelächter klang wie das Echo des Donners. Er war sicher, daß es Ian Direach nie gelingen werde, mit dieser Aufgabe fertig zu werden.
Viele Meilen wanderte Ian ohne auszuruhen, aber nirgends traf er jemanden, der ihm hätte sagen können, wo die Großen Frauen von Dhiurradh wohnten.
Als es dunkel wurde, setzte er sich unter einen großen Baum und zündete ein Feuer an, und als er gerade im Begriff war einzuschlafen, raschelte es wieder, und, siehe da, sein alter Freund, der Fuchs, kam ihn besuchen. »Also hast du es nicht geschafft, aus dem Haus des Riesen den blauen Falken zu entführen«, sagte der Fuchs zur Begrüßung.
»So ist es leider«, antwortete Ian, »aber der Riese hat versprochen, mir den Falken zu geben, wenn ich ihm das Weiße Schwert des Lichts hole, das den Großen Frauen von Dhiurradh gehört.«
Da schaute der Fuchs Ian voll schlauer Weisheit an und sagte: »Diese Aufgabe ist schwierig, aber wenn du gut aufpaßt, ist es nicht unmöglich, sie zu lösen.«
Und während sie ihr Abendessen zusammen verspeisten, erzählte der Fuchs Ian, daß Dhiurradh eine Insel mitten im Meer sei, und die Großen Frauen seien drei Schwestern, die dort lebten.
»Du mußt zu ihnen gehen«, sagte der Fuchs, »du mußt

dich von ihnen anstellen lassen, indem du ihnen erzählst, du könntest besonders gut mit Metallen umgehen und sie putzen. Sie werden dir dann ihre Waffen anvertrauen. Darunter befindet sich auch das Schwert, das du suchst. Wenn sie dann eines Tages nicht zu Hause sind, sollte es dir nicht schwerfallen, mit dem Schwert davonzulaufen. Aber denke immer daran: Du darfst mit dem Schwertblatt nichts in diesem Hause berühren. Sonst könnte es dir sehr übel ergehen.«

Am Morgen gingen die beiden zu einer Stelle, an der der Ozean das Land berührt, und dort sprach der Fuchs: »Ich werde mich jetzt in ein Boot verwandeln und dich zur Insel Dhiurradh tragen.«

Und nachdem er mit den Augen geblinzelt hatte, wurde er ein enges, braunes Boot, und Ian ruderte darin über die See, bis er an die Klippen eines Eilandes mitten im Ozean kam. Sobald das Boot an Land gezogen war, verwandelte sich der Fuchs wieder in seine wahre Gestalt.

»Viel Glück, Königssohn«, sagte er, als Ian aufbrach, um das Haus der Großen Frauen zu finden. »An dem Tag, an dem du fliehst, werde ich hier auf dich warten und dich wieder über das Wasser tragen.«

Es war nicht sehr weit bis zu einem Haus, und als Ian an die große Tür klopfte, waren es die drei Schwestern, die ihm öffneten.

»Was ist dein Begehr, Königssohn?« fragten sie.

»Ich könnte Euch im Haus helfen«, sprach Ian, »besonders gut zu gebrauchen bin ich, wenn es darum geht, jede Art von Metall zu putzen und zum Glänzen zu bringen.«

»Da kommst du uns gerade recht«, antworteten die drei Großen Frauen, stießen die Tür weit auf und ließen Ian eintreten. »Wir suchen schon lange jemanden, der unsere Schwerter und Waffen putzt.«

Also trat Ian in den Dienst der Großen Frauen, und tatsächlich befand sich unter den Waffen, die er blankhalten

mußte, jenes Weiße Schwert des Lichts, das der Riese mit den fünf Köpfen, den fünf Buckeln und den fünf Warzen so gern besessen hätte.
Als die drei Schwestern sahen, wie gewissenhaft Ian seinen Dienst versah, waren sie zufrieden und meinten, sie könnten ihn nun auch ruhig einmal allein lassen und in die Fremde reisen, und an jenem Tag war es, da Ian sich entschloß zu fliehen. Kaum waren die Große, die Häßliche und die Schwarze zur anderen Seite der Insel davongegangen, da hob er vorsichtig das Weiße Schwert des Lichts von seinem Platz. Er dachte an die Warnung des Fuchses und trug es mit größter Vorsicht bis zur Schwelle. Aber, o weh! Gerade, als er durch die Tür wollte, berührte die Schwertspitze den Türbalken, und das gab ein Geräusch, das man über Tausende von Meilen hin hören konnte.
Sofort stürmten die drei Schwestern heran.
»Ha, du hast also versucht, unser Weißes Schwert des Lichts zu stehlen«, riefen sie, »du wolltest mit etwas davonlaufen, was uns gehört.«
»Vergebt mir!« rief Ian, »aber es war der Riese mit den fünf Köpfen, den fünf Buckeln und den fünf Warzen, der mich hierher geschickt hat. Wenn ich ihm das Schwert nicht bringe, gibt er mir nicht den blauen Falken, und ohne den blauen Falken kann ich nicht zu meiner Stiefmutter, der Königin, heimkommen.«
Da betrachteten die drei Großen Frauen Ian mit einem verschlagenen Blick.
»Wir werden dir das Weiße Schwert des Lichts geben«, sagten sie, »aber dafür mußt du uns das gelbe Füllen beschaffen. Es gehört dem König von Erinn.«
Und als Ian versprochen hatte, ihren Auftrag auszuführen, und mit großer Hoffnung im Herzen aufbrach, fielen sich die drei Großen Frauen um den Hals und lachten und lachten, denn sie meinten, Ian Direach werde diese Aufgabe nun ganz gewiß nicht erfüllen können.

Als Ian wieder zur Küste kam, traf er dort den Fuchs, der schon auf ihn wartete.

»Du hast es also nicht geschafft, das Weiße Schwert des Lichts aus dem Haus der Großen Frauen von Dhiurradh fortzuschaffen«, meinte er.

»Leider nicht«, antwortete Ian, und er erklärte dem Fuchs, daß er das Schwert nicht bekommen werde, ehe er nicht das gelbe Füllen des Königs von Erinn bringe.

Da sah der Fuchs Ian wieder voll Weisheit und Schläue an und sagte dann: »Die Aufgabe ist schwer, aber wenn du acht gibst, ist es möglich sie zu lösen. Erinn ist ein Land, das noch etwas weiter übers Meer hin liegt. Ich will mich in eine Barke verwandeln und dich dorthin tragen. Wenn wir nach Erinn kommen, mußt du dich auf den Weg zum Schloß des Königs machen und dich dort als Stallbursche verdingen. Unter den Pferden, die man deiner Fürsorge anvertraut, wird auch jenes sein, das du suchst. Und in der Nacht, wenn alle schlafen, sollte es nicht schwer sein, mit dem gelben Füllen davonzureiten. Nun mußt du aber auch dort aufpassen. Kein Teil des Pferdes, außer seinen Hufen, darf die Innenseite des Stalltores berühren. Andernfalls wird es dir schlecht ergehen, und du wirst wieder, wie schon zuvor, in Schwierigkeiten kommen.«

Sofort wurde der Fuchs zu einer Barke mit rotbraunen Segeln und trug Ian zu Erinns grünen Küsten. Dort nahm er wieder seine ursprüngliche Gestalt an und sprach zu Ian: »Glück sei mit dir, Königssohn. In der Nacht, in der du fliehst, werde ich auf dich warten und dich über das Wasser zurückbringen.«

Ian spazierte durch die grüne Landschaft und kam bald an das Königsschloß, und als er an die Tür klopfte, tat ihm der König von Erinn selbst auf.

»Was willst du von mir, Fremder?« fragte der König, der ein hochgewachsener Mann in schönen Kleidern war.

»Ich möchte dir als Stallbursche dienen«, erwiderte Ian.

»Dann kommst du genau zur rechten Zeit«, sagte der König, »ich brauche gerade einen neuen Stallburschen.« Also trat Ian seinen Dienst in den Stallungen des Königs an, und wahrlich, eines der Pferde war jenes gelbe Füllen, das die Großen Frauen von Dhiurradh so sehnlichst zu besitzen wünschten. Nach einiger Zeit schien es Ian günstig, die Flucht zu versuchen. Er ging zum Stall und band das gelbe Füllen los. Sich an die Warnung des Fuchses erinnernd, führte er das Tier zur Stalltür, wollte aufsitzen und davonreiten. Aber, o weh! Gerade als er zur Tür kam, strich der Schweif des Tieres über den Türpfosten. Sofort ertönte ein unerhörtes Gekreisch, das man über ganz Erinn hin vernahm. Der ganze Königshof lief zusammen, allen voran kam der König selbst und sprach: »Du hast versucht, mir mein gelbes Füllen zu stehlen. Du wolltest mit etwas fliehen, was dir nicht gehört.«

»Vergib mir!« antwortete Ian, »aber es waren die Großen Frauen von Dhiurradh, die mich geschickt haben, um dieses Pferd zu holen. Denn, wenn ich ihnen das Füllen nicht bringe, geben sie mir nicht das Weiße Schwert des Lichts, und wenn ich das Weiße Schwert des Lichts nicht bringe, bekomme ich von dem Riesen mit den fünf Köpfen, den fünf Buckeln und den fünf Warzen nicht den blauen Falken. Ohne den blauen Falken aber darf ich nicht zu meiner Stiefmutter, der Königin, heimkommen.«

Da sah der König von Erinn Ian nachdenklich an und sagte: »Ich gebe dir dann das gelbe Füllen, wenn du mir die Tochter des Königs von Frankreich holst. Ich habe gehört, sie soll das schönste Mädchen auf der ganzen Welt sein, und ich möchte sie heiraten.«

Den Wunsch des Königs zu erfüllen, versprach Ian, und als er fortging, lachte der König so heftig, daß ihm die Tränen über die Backen rannen. Er wollte einfach nicht glauben, daß Ian Direach diese schwierige Aufgabe würde lösen können. An der Küste traf Ian wieder auf den Fuchs.

»Jetzt sag nur nicht, es sei auch diesmal alles wieder schiefgegangen«, rief der Fuchs Ian entgegen.

»Doch, so ist es«, gestand Ian, und er erzählte dem Fuchs, daß er das gelbe Füllen nicht eher bekommen werde, bis er dem König von Erinn die Tochter des Königs von Frankreich bringe.

Der Fuchs sah Ian voller Weisheit und Schläue an und sagte darauf: »Das wird nicht leicht sein, aber wenn du gut aufpaßt, läßt es sich schaffen. Ich werde mich in ein Schiff verwandeln und dich über den Ozean nach Frankreich tragen, das noch etwas weiter entfernt liegt. Und wenn wir dort ankommen, mußt du zum König laufen und ihm erzählen, dein Schiff liege als Wrack an der Küste. Dann werden der König und die Königin und ihre Tochter kommen und sich das Schiff ansehen wollen; darauf überlaß alles Weitere mir, und alles wird gut ausgehen.«

Auf der Stelle verwandelte sich der Fuchs in ein seetüchtiges Schiff und trug Ian nach Frankreich. Dort lief der junge Mann zum Schloß des Königs, und dieser selbst öffnete ihm die Tür. »Was willst du von mir, Fremder?« fragte der König, ein gutaussehender Mann mit einem schwarzen Bart.

»Ach Herr, mein Schiff liegt als Wrack vor der Küste«, sagte Ian, »ich bin gekommen, um Hilfe zu suchen.«

»Ich werde hingehen und mir dein Schiff anschauen«, antwortete der König, und dann rief er seine Frau und seine Tochter herbei, damit sie ihn auf dem Ausflug begleiteten.

Als nun Ian Direach die Tochter des Königs von Frankreich zu Gesicht bekam, schien sie ihm das bezauberndste Geschöpf, das ihm je begegnet war, und er wußte, daß der König von Erinn recht gehabt hatte, als er gesagt hatte, sie sei die schönste Frau auf der Welt. Sie hatte langes schwarzes Haar und tiefblaue Augen und ebenmäßige Gesichtszüge. Die drei kamen also mit Ian zur Küste, und als sie

das Schiff erblickten, waren sie beeindruckt von seiner Größe. Während Ian dastand und überlegte, was er nun tun solle, hörte man plötzlich vom Schiff her süße Musik über das Wasser dringen. Die Tochter des Königs hörte das auch, und sie klatschte vor Vergnügen in die Hände.
»Kannst du mich nicht auf das Schiff bringen, damit ich die Musikanten kennenlerne?« fragte sie Ian.
»Mit Freuden«, antwortete der, und während der König und die Königin lächelnd dabeistanden, ergriff er ihre weiße Hand und führte sie an Bord.
Während sie unter Deck die Kabinen betrachteten, füllte der Wind die Segel, und das Schiff begann, über den Ozean zurückzufahren, so daß, als Ian und die Prinzessin wieder auf Deck kamen, sie sich mitten auf dem Meer befanden und nirgends mehr eine Küste zu sehen war. »Ach, du hast mich entführt!« rief die Prinzessin. »Verzeihung«, antwortete Ian, »aber es war der König von Erinn, der mich ausgeschickt hat übers Meer, weil er dich zur Frau haben will...«, und dann erzählte er dem Mädchen alle seine Abenteuer und daß er nicht nach Hause zurückkommen dürfe, ehe er nicht den blauen Falken habe, der im Besitz des Riesen mit den fünf Köpfen, den fünf Buckeln und den fünf Warzen sei.
Als er geendet hatte, stöhnte die Prinzessin und sah ihn freundlich aus ihren blauen Augen an. »Lieber Ian«, sprach sie, »ich würde viel lieber dich heiraten als den König von Erinn.«
Ian wurde bei ihren Worten ganz schwer ums Herz, denn auch er hatte sich in die Prinzessin verliebt, und der Gedanke, sich von ihr trennen zu müssen, machte ihn traurig.
Aber wieder einmal half ihm der treue Fuchs aus der Patsche. Kaum waren sie an Erinns grüner Küste gelandet, da sagte er Ian, wie dieser den König von Erinn überlisten und die Prinzessin für sich behalten könne.

»Ich werde mich in ein schönes Mädchen verwandeln«, sagte der Fuchs, »und während die Prinzessin hier an der Küste bleibt, wirst du mich zum König bringen und erklären, ich sei die Tochter des Königs von Frankreich.«
»Und«, so fügte der Fuchs mit einem schlauen Lächeln hinzu, »später werde ich fliehen und zu euch stoßen.«
So geschah es. Die Prinzessin blieb an der Küste zurück. Und Ian lief durch das grüne Land mit dem Fuchs an seiner Seite, der sich in eine schöne Frau verwandelt hatte, mit blauen Augen und schwarzen Haaren. Sie kamen zum Schloß des Königs, und der König selbst empfing sie. Er wunderte sich sehr, seinen Stallburschen wiederzusehen.
»Hallo, König von Erinn«, sagte Ian, »ich bringe dir die Tochter des Königs von Frankreich zur Braut. Wo ist das gelbe Füllen, das du mir versprochen hast, sofern ich diesen Auftrag ausführe?«
»Schon recht«, erwiderte der König, und er gab Befehl, das gelbe Füllen mit einem goldenen Sattel und silbernen Steigbügeln zu versehen und es aus dem Stall zu führen. »Nimm das gelbe Füllen«, sagte er zu Ian, »und zieh damit deines Weges.«
Ian ritt auf dem gelben Füllen zur Küste, wo die Prinzessin wartete. Der König von Erinn wollte unterdessen seine Braut umarmen, aber kaum hatte er im Bett seine Arme um sie gelegt, als sie sich plötzlich wieder in ein rotbraunes Vieh verwandelte, das ihn in den Arm biß und darauf rasch zur Küste davonlief. Dort verwandelte sich der Fuchs in eine Barke mit rotbraunen Segeln und segelte mit Ian und der Prinzessin und dem gelben Füllen übers Meer zur Insel Dhiurradh. »Und nun«, sprach der Fuchs, als sie dort gelandet waren, »werde ich dir sagen, wie du die drei Großen Frauen überlisten und das gelbe Füllen für dich behalten kannst. Ich werde mich in ein schönes Pferd verwandeln, und während die Prinzessin mit dem Füllen hier an der Küste bleibt, nimmst du mich zu den Großen Frauen und

gibst vor, du hättest das gelbe Füllen bei dir. Ich werde dann schon sehen, wie ich meinen Kopf aus der Schlinge ziehe.«
So geschah es. Ian bekam das Weiße Schwert des Lichts und ließ den Fuchs, der sich in ein Pferd verwandelt hatte, bei den drei Großen Frauen zurück.
Die drei Großen Frauen waren begierig, sogleich auf dem neuen Pferd einen Ritt zu versuchen, und weil keine von ihnen die andere zuerst reiten lassen wollte, stiegen sie schließlich alle drei auf den Rücken des Tieres. Eine stand auf der Schulter der anderen. Kaum spürte der Fuchs etwas Schweres auf seinem Rücken, da fing er an zu galoppieren, und er preschte bis zum Rand einer hohen Klippe. Dort stemmte er seine Hufe in den Torfboden, beugte seinen Kopf, so daß alle drei Frauen, die Große, die Häßliche und die Schwarze, vornüber hinab in die See stürzten, wo sie noch bis zum heutigen Tag liegen.
Darauf nahm er wieder seine wahre Gestalt an und trabte eilig zu Ian, der Prinzessin und dem gelben Füllen, die schon auf ihn warteten.
Der Fuchs wurde wieder zu einem Boot mit rotbraunen Segeln und trug sie über das Meer, zurück in das Land, in das Ian Direach zuerst gekommen war. »Und nun ist unsere Seefahrt vorbei«, sagte der Fuchs, »jetzt werde ich dir erklären, wie du auch den Riesen mit den fünf Köpfen, den fünf Buckeln und den fünf Warzen überlisten kannst, um das Weiße Schwert des Lichts für dich zu behalten. Ich werde mich in diese Waffe verwandeln, und du wirst das Schwert dem Riesen bringen und dafür den blauen Falken bekommen.«
So geschah es. Der Riese erhielt statt des echten Weißen Schwertes des Lichts jene Waffe, in die sich der Fuchs verwandelt hatte, und der Riese gab Ian dafür in einem Weidenkorb den blauen Falken. Darauf ging Ian wieder zur Küste, wo die Prinzessin auf ihn wartete.

Und als er das blaue Gefieder des Vogels durch das Flechtwerk des Korbes sah, kam Freude in sein Herz, daß es ihm endlich gelungen war, den herrlichen Vogel nach so vielen Abenteuern an sich zu bringen. Der Riese wollte daheim sogleich das neue Schwert ausprobieren. Er fuchtelte damit herum, bis es dem Fuchs zuviel wurde, er sich zusammenbog und dann herabstürzte und dem Riesen seine fünf Köpfe abhieb. Dann warf er seine Verkleidung ab und rannte zu Ian und der Prinzessin.
»Jetzt«, sprach der Fuchs, »sind deine Abenteuer fast zu Ende. Nun müssen wir nur noch den bösen Zauber deiner Stiefmutter überwinden. Und dies wird so geschehen: Du sollst auf dem gelben Füllen reiten und die Prinzessin hinten aufsitzen lassen. In der rechten Hand sollst du das Weiße Schwert des Lichts halten, und zwar so, daß die flache Seite der Klinge deine Nase berührt, während der Falke auf deiner Schulter sitzen muß. So mußt du heimreisen. Du wirst deiner Stiefmutter auf der Straße begegnen. Sie wird dich anschauen und versuchen, dich in eine Made zu verwandeln, aber der Glanz des Schwertes wird dich gegen ihren Zauber schützen.«
Ian tat, wie ihm der Fuchs geheißen. Und nachdem er über mehr Berge und Täler geritten war, als je irgendein anderer Mann vor ihm gesehen hatte, kam er in die Nähe von dem Schloß seines Vaters.
Die Königin aber schaute aus ihrem Fenster, als Ian über einen Hügel ritt. Sie eilte ans Tor, und als er herankam, warf sie ihm einen tödlichen Blick zu. Hätte er nicht das Schwert vor sich gehabt, um den Zauber abzuhalten, er wäre vom Pferd gesunken. So aber fiel der böse Zauber, abgelenkt durch das Zauberschwert, auf die Königin selbst zurück. Sie fiel zu Boden und wurde eine Made an einem Stück Holz.
Stolz betrat Ian das Schloß seines Vaters. Er führte die Prinzessin an der Hand. Als der König von den Abenteu-

ern seines Sohnes hörte, richtete er eine herrliche Hochzeit aus und befahl, alles Holz, was am Schloßtor lag, auf der Stelle zu verbrennen. So hatte Ian Direach sein Glück gemacht. Er hatte die schönste Frau auf der Welt zum Weibe, in seinem Stall stand das gelbe Füllen, das schnellste Pferd, das je gelebt hat, das sogar den Wind hinter sich lassen konnte, und daheim an der Wand seines Saales hing das Weiße Schwert des Lichts, das unüberwindbar war, für die Jagd aber besaß er den blauen Falken.
Ian vergaß seinen alten Freund, den Fuchs, nicht. Er befahl, daß in seinem Reich nie ein Fuchs gejagt oder behelligt werden dürfe. Als sich aber Ian und der Fuchs wieder einmal trafen, sagte das Tier: »Mach dir keine Sorgen um mich und meinesgleichen. Wir kommen schon allein zurecht.« Und fort war er, den Hang des Berges hinauf, und eine Weile sah man noch seinen roten Schwanz.
Und damit ist meine Geschichte aus.

Die Tochter des Riesen

Vor langer Zeit, als es noch Riesen gab, war da ein Prinz in Tethertown, der hatte den Namen Ian. Nun geschah es, daß bei der Jagd der Prinz auf einen Raben stieß, der von einer Schlange angegriffen wurde. Als der Prinz sah, daß es schlecht um den Raben stand, griff er sich seine Schleuder und schoß mit einem Stein auf den Kopf der Schlange. Das Untier sank leblos zusammen.

Zu Ians Verwunderung verwandelte sich der Rabe in eben dem Augenblick, da die Schlange starb, in einen hübschen jungen Mann mit glänzendem Haar und dunklen Augen, der ihn dankbar anschaute und sprach: »Tausend Dank dir, Königssohn, denn du hast den Rabenfluch gebrochen, der auf mir lag.« Und er hielt Ian ein Bündel aus Tuch hin, darin war etwas eingebunden, das scharfe Kanten hatte.

»Nimm dieses Bündel«, fuhr der junge Mann fort, »geh deines Weges, aber denke daran: Du darfst dieses Bündel erst an jenem Platz öffnen, an dem du am liebsten wohnen würdest.«

Und mit diesen Worten verschwand er hinter dem Kamm des Gebirges.

Ian wandte sich heimwärts. Er war sehr neugierig, was wohl in dem Bündel stecken mochte. Es war sehr schwer, und als er nach geraumer Zeit einen dunklen, dichten Wald erreichte, von dem aus es noch zwei Meilen bis nach Hause war, legte er das Bündel auf die Erde und wollte etwas rasten. »Nun«, sagte er sich, »so schlimm wird's auch nicht werden, wenn ich das Bündel kurz öffne und nur einmal einen schnellen Blick auf das werfe, was drinnen ist.«

Und da er seine Neugierde nicht länger bezähmen konnte, knotete er das Bündel auf. Sofort wuchs zu seinem Erstaunen ein riesiges Schloß aus dem Bündel hervor. Dessen Türme reichten bis zu den höchsten Ästen der Bäume, und um die Gebäude lagen schöne Gärten und Obstbäume.
Während Ian all das noch voller Bewunderung anstarrte, wurde ihm klar, welchen Streich ihm da seine Neugierde gespielt hatte.
»Wenn ich doch nur gewartet hätte, bis ich in der grünen Senke gewesen wäre, gegenüber dem Haus meines Vaters«, stöhnte er, »denn das wäre genau der Ort, an dem ich für immer wohnen möchte. Wenn ich das Schloß doch nur wieder in dem Bündel verstauen und es dorthin tragen könnte!« In diesem Augenblick fuhr ein Windstoß durch die Bäume. Die Zweige zitterten, die Erde bebte, und ein großer Riese mit rotem Haar und einem wildwuchernden Bart stand vor Ian.
»Du hast dir einen schlechten Platz ausgesucht, um dein Haus zu bauen, Königssohn!« donnerte der Riese, »dieses Stück Grund und Boden gehört nämlich mir.«
»Ach, eigentlich wollte ich das Schloß gar nicht hier aufstellen«, erwiderte Ian, »ich schaffe es nur nicht, es wieder in dem Bündel zu verschnüren.«
Der Riese lachte in seinen wilden Bart und sprach: »Was bekomme ich als Belohnung, wenn ich dir das Schloß wieder in das Bündel stecken kann?«
»Was möchtest du denn als Belohnung haben?« fragte Ian.
»Gib mir deinen erstgeborenen Sohn, sobald er sieben Jahre alt ist«, antwortete der Riese.
Nun hatte Ian weder Weib noch Kinder, und so dachte er sich nichts weiter bei dieser Bitte.
»Wenn das alles ist, was du verlangst«, sagte er, »damit bin ich einverstanden.«
Auf der Stelle verstaute der Riese das Schloß mit allen Gär-

ten und Obstbäumen wieder in dem Bündel, und Ian machte sich auf den Heimweg.

Sobald er in der schönen grünen Senke gegenüber dem Haus seines Vaters angekommen war, öffnete er das Bündel wieder, und tatsächlich, an der Stelle, an der er sich am meisten zu wohnen gewünscht hatte, wuchs das Schloß auf, genau wie zuvor am falschen Ort.

Voller Freude ging Ian durch das Tor, und drinnen begegnete er einer hübschen, jungen Frau, die ihn anlächelte und sagte: »Tritt näher, Königssohn. Alles ist bereit. Noch heute nacht werden wir Mann und Frau.«

Ian war ganz damit zufrieden, eine so schöne Frau zum Eheweib zu bekommen, und so wurden sie auf der Stelle getraut und lebten auf dem neuen Schloß in Frieden und Glück. Als der alte König starb, wurde Ian statt seiner König zu Tethertown. Bald wurde dem neuen König und der Königin ein Sohn geboren, aber nie dachte Ian mehr an das übereilte Versprechen, das er dem Riesen im Wald gemacht hatte – bis schließlich sieben Jahre vergangen waren und ein Wind die Bäume im Obstgarten zauste, die Erde bebte und der Riese sich dem Schloß näherte, um seine Belohnung einzustreichen. »Was will dieser schreckliche Mann mit dem feuerroten Haar und dem wilden Bart von uns?« fragte die Königin, als sie aus dem Fenster sah.

»Er ist gekommen, unseren erstgeborenen Sohn zu holen«, erwiderte Ian. Und traurig berichtete er von dem, was zwischen ihm und dem Riesen vereinbart worden war. »Überlaß das nur alles mir«, sagte die Königin, als sie die Geschichte hörte, »ich will mir schon etwas ausdenken, damit wir bei diesem üblen Geschäft ungeschoren davonkommen.«

Unterdessen begann der Riese draußen zu murren, und jeden Augenblick wurde seine Stimme zorniger. Ian rief ihm zu: »Nur Geduld. Mein Sohn wird gleich bei dir sein. Seine Mutter macht ihn nur noch reisefertig.«

Da rief die Königin den Sohn des Kochs zu sich. Er war im selben Alter wie der junge Prinz, und sie glaubte, den Riesen leicht täuschen zu können, wenn sie ihn statt ihres eigenen Sohnes hinschicken würde. Sie gab ihm die Kleider des kleinen Prinzen, und dann wurde des Kochs Sohn hinausgeschickt, um sich dem Riesen zu stellen.

Der aber war mit dem Jungen noch nicht weit gegangen, als er sich davon zu überzeugen gedachte, ob das wirklich der junge Prinz sei. Er brach eine Rute von einem Haselstrauch, gab sie dem Jungen und sagte: »Wenn nun dein Vater diese Rute in den Händen hätte, was würde er damit anfangen?«

»Nun«, antwortete der Sohn des Kochs, »er würde die Hunde und Katzen verprügeln, wenn sie den Kochtöpfen, in denen das Fleisch für den König brät, zu nahe kämen.«

Da wußte der Riese, daß dies gewiß nicht des Königs Sohn war, und er schickte den Jungen voller Wut zum Schloß zurück. Als der König und die Königin ihn kommen sahen, erkannten sie, daß ihre Täuschung durchschaut worden war. Aber die Königin gab so leicht nicht auf. Sie rief den Sohn ihres Butlers. Auch er war sieben Jahre alt, und während der Riese draußen ungeduldig wartete, drückte ihm die Königin Kleider des jungen Prinzen in die Hand und hieß ihn, sich rasch umzuziehen. Und dann schickte sie ihn zu dem Riesen. Wiederum nach einer Weile wollte sich der Riese vergewissern, daß es nun wirklich der junge Prinz war, der da mit ihm lief. Also gab er dem Jungen abermals den Haselstecken und sagte: »Wenn dein Vater diesen Stecken in der Hand hätte, was würde er damit machen?«

»Nun«, antwortete des Butlers Sohn, »er würde die Hunde und Katzen prügeln, die des Königs Gläser und Flaschen zu nahe kommen.«

Da wußte der Riese, daß auch dies nicht des Königs Sohn war, und er kehrte mit verdoppelter Wut zum Schloß zu-

rück. »Gib mir deinen Sohn«, rief er mit so lauter Stimme, daß die Turmspitzen des Schlosses zu wackeln begannen, »wenn ihr noch einmal versucht, mich an der Nase herumzuführen, wird der höchste Stein deines großen Hauses bald sehr tief unten liegen!«
Traurig rief jetzt die Königin den jungen Prinzen, der mit einem kleinen Hündchen im Schloßhof spielte, und lieferte ihn an den Riesen aus. Und als dieser sah, wie der Junge ging und sich benahm, hatte er keinen Zweifel mehr daran, daß dies nun wirklich und wahrhaftig des Königs Sohn war.
Zusammen reisten sie über eine weite Strecke, bis sie zu dem Haus des Riesen kamen, das neben einem dunklen See lag. Dort wurde der Prinz ganz freundlich willkommen geheißen, und als die Jahre vergingen, wuchs er zu einem kräftigen und hübschen jungen Burschen heran.
Nun geschah es, daß der Prinz, als er eines Morgens von der Jagd zum Haus des Riesen zurückkehrte, jemanden singen hörte, und als er in die Richtung schaute, aus der der Gesang kam, erkannte er am obersten Fenster ein schönes Mädchen mit rotgoldenem Haar.
»He«, rief er, »wer bist du denn?« Und er spürte, wie eine unbekannte Erregung durch seinen Leib fuhr. »Ich bin die Tochter des Riesen«, erwiderte das Mädchen, »ich habe dich schon oft beobachtet, wie du so im Haus meines Vaters umhergegangen bist.«
Da gestand ihr der Prinz seine Liebe, und des Riesen Tochter sagte ihm, sie wolle nur zu gern seine Frau werden.
»Jetzt aber hör mir gut zu«, fuhr sie dann fort, »denn davon kann unsere Zukunft abhängen. Morgen früh wird dir mein Vater anbieten, eine meiner beiden älteren Schwestern zu heiraten. Du mußt sie beide ausschlagen und erklären, du wollest die jüngste Tochter zur Frau nehmen. Da wird er sehr wütend werden, aber mach dir nichts daraus, und überlaß alles Weitere nur mir, dann wird es

schon gut werden.« Und tatsächlich, am nächsten Tag rief der Riese den Prinzen zu sich und sagte, er solle eine von seinen beiden ältesten Töchtern zur Frau wählen. Wie ihm seine Liebste geraten hatte, sprach der Prinz: »Es ist deine jüngste Tochter, die ich heiraten möchte.«
Der Riese schäumte nur so vor Wut, denn die jüngste Tochter war sein größter Schatz, und er wollte sie einem König, der in der Nähe wohnte, zum Weibe geben. Er bedachte sich, wie er dem Prinzen seinen unverschämten Vorschlag heimzahlen könne, lächelte verschlagen in seinen Bart und sprach dann: »Was du dir da wünschst, Prinz, ist sehr kühn. Meine jüngste Tochter ist ein Schatz, den man nicht so leicht gewinnt. Willst du sie heiraten, so mußt du erst drei Aufgaben erfüllen. Versagst du auch nur bei einer, so verlierst du nicht nur deine Braut, sondern auch dein Leben. Was sagst du dazu? Willst du wirklich dein Leben wagen, um ihr Herz zu gewinnen?«
»Mit Freude«, entgegnete der Prinz, »denn ein Leben ohne Glück in meinem Herzen ist so wertlos wie ein Feuer, das nicht brennt.«
Am nächsten Tag, ehe der Riese auf die Jagd ging, stellte er dem Prinzen die erste Aufgabe. Er sollte die große Jauchegrube leeren. Sie befand sich auf dem Hof und hatte über sieben Jahre hin den Dung von mehr als hundert Kühen aufgenommen. »Und wenn ich am Abend heimkomme«, sagte der Riese, »muß die Jauchegrube so sauber sein, daß man einen goldenen Apfel vom einen Ende zum anderen rollen kann, ohne ihn zu beschmutzen. Wenn dem nicht so ist, werde ich an deinem Blut meinen Durst löschen.«
Der Prinz dachte über diese Worte nach, und es wurde ihm angst und bange. Aber am nächsten Morgen stand er zeitig auf und begann, die Sache anzugehen. Es war ziemlich hoffnungslos, aber er wollte es wenigstens versuchen. Kaum war der Riese aus dem Haus und zur Jagd, da kam die jüngste Tochter angesprungen und tröstete den Prin-

zen: »Hab ich dir nicht gesagt, alles werde gut werden? Mach dir keine Sorgen, leg dich in den Schatten des großen Baumes neben der Tür, und schlafe ruhig noch eine Weile.« Der Prinz tat, wie ihm geheißen, und fiel im Schatten des Baumes in einen tiefen Schlaf. Erst gegen Abend erwachte er. Die Tochter des Riesen war nicht mehr da, aber die Jauchegrube war leer und so sauber, daß man einen goldenen Apfel vom einen Ende zum anderen rollen konnte, ohne daß man hätte befürchten müssen, er werde schmutzig werden.

Bald darauf kam der Riese zurück. Als er sah, daß der Prinz die erste der Aufgaben ausgeführt hatte, runzelte er seine Augenbrauen und sprach: »Wie das zugegangen ist, kann ich mir zwar nicht erklären. Aber da es geschehen ist, muß ich dir eine zweite Aufgabe stellen.«

Und er erklärte dem Prinzen, er müsse die Jauchegrube mit den Federn von einer Million Vögel abdecken, aber keine zwei Federn dürften von derselben Farbe sein. »Und wenn du damit nicht fertig bist, wenn ich abends zurückkomme, dann werde ich meinen Durst mit deinem Blut stillen.«

Sobald am nächsten Tag die Sonne aufging, zog der Prinz ins Moor. Mit wenig Hoffnung im Herzen, aber mit Pfeil und Bogen, um Vögel zu schießen und von ihnen jene Federn zu bekommen, die er für seine zweite Aufgabe brauchte. Er hatte Pech, und bis zum Mittag hatte er nur zwei Amseln geschossen, deren Federn noch dazu dieselbe Farbe hatten. Da kam die Tochter des Riesen angesprungen und sprach ihm Mut zu: »Hab ich dir nicht gesagt, alles werde gut enden? Mach dir keine Sorgen. Leg dich ins Heidekraut und schlaf.« Der Prinz tat, wie ihm geheißen, und dachte: Ich schlafe meinem Tod entgegen.

Er wachte erst wieder auf, als die Dunkelheit sich über das Moor senkte. Von der Tochter des Riesen fehlte jede Spur,

aber als er nach Haus kam, sah er zu seinem Erstaunen, daß das Dach über der Jauchegrube in einer Million verschiedener Farbtöne glänzte und mit einer Million Vogelfedern gedeckt war.
Als der Riese sah, daß der Prinz auch mit der zweiten Aufgabe zu Rande gekommen war, entbrannte er in noch größeren Zorn als zuvor.
»Wie das geschah, weiß ich nicht«, sagte er, »aber da es geschehen ist, muß ich dir nun eine dritte Aufgabe stellen.« Und er befahl dem Prinzen, bis zum Abendessen am nächsten Tag die Elstereier aus dem Nest auf einem Fichtenstamm, der am Rande des Sees stand, zu holen. Am nächsten Morgen war der Prinz schon wieder zeitig auf den Beinen. Er ging zum Seeufer hinab. Still lag das Wasser, über dem noch die Morgennebel schwebten. Die höchsten Zweige des Fichtenbaumes schienen den Himmel zu streifen, und ganz, ganz weit oben sah er im Blattwerk einen kleinen Gegenstand. Das war das Nest der Elster. Vom Boden bis zum ersten Ast des mächtigen Baumes waren es fünfhundert Fuß. Vergebens versuchte der Prinz am Stamm hinaufzuklettern. Er zerriß sich die Hände und wurde müde und fühlte sich ganz zerschlagen. Gegen Mittag kam die Tochter des Riesen, aber diesmal hieß sie den Prinzen nicht, sich schlafen zu legen.
Statt dessen brach sie einen ihrer Finger nach dem anderen ab und steckte sie in den Stamm. So entstand eine Leiter, über die der Prinz bis zur Spitze des Baumes gelangen konnte. Aber als er im Wipfel oben herumkletterte und die Eier einsammeln wollte, hörte er unten das Mädchen rufen: »Beeile dich. Mein Vater kommt heim. Ich spüre seinen Atem schon auf meinem Rücken.«
Weil der Prinz es nun so eilig hatte, brachte er zwar die fünf Eier wohlbehalten heim, aber er vergaß, den kleinen Finger von der linken Hand des Mädchens ganz oben am Stamm wieder herauszunehmen. »Bring die Eier rasch zu

meinem Vater«, sagte die Tochter des Riesen, »heute nacht will ich deine Frau werden, sofern du mich nur wiedererkennst. Mein Vater wird uns drei Mädchen in Kleider stecken, die vollkommen einander gleichen, und unsere Gesichter werden verschleiert sein. Wenn das Hochzeitsessen vorbei ist, wird er zu dir sagen: ›Geh zu deinem Weib, Prinz‹, dann mußt du von den dreien jene wählen, der an der linken Hand der Finger fehlt.« Außer sich vor Freude, daß er die drei Aufgaben nun alle gelöst hatte, eilte der Prinz mit den fünf Elsterneiern zum Riesen. Zornig nahm der Riese sie ihm ab, aber dann versuchte er, seine Wut zu verbergen, so gut das eben ging, und befahl, ein großes Hochzeitsfest auszurichten.
»Heute nacht wird sich das Glück deines Herzens erfüllen, Königssohn«, sagte der Riese und lächelte dabei verschlagen in seinen roten Bart, »sofern du deine Braut nur erkennst.« Als das Fest vorbei und die überhäuften Teller wieder leer waren, als die überschäumenden Gläser ausgetrunken und der letzte Tropfen Ale durch die Kehlen geronnen war, führte der Riese den Prinzen in ein kleines Zimmer, in dem seine drei Töchter warteten. Sie waren alle völlig gleich gekleidet, in langen Gewändern aus schneeweißer Wolle, dichte Schleier verhüllten ihre Gesichter.
»Nun geh zu deinem Weib, Königssohn«, fauchte der Riese. Der Prinz trat auf die drei Frauen zu, und ohne Zögern berührte er jene, an deren linker Hand der kleine Finger fehlte. Als der Riese nun sah, daß der Prinz trotz aller Ränke dennoch seine jüngste Tochter zur Frau gewonnen hatte, wurde er wütender denn je, aber für den Augenblick konnte er nichts unternehmen. Also ließ er es zu, daß der Prinz sein junges Weib in die Brautkammer trug.
Sobald die beiden allein waren, gedachte der Prinz nun seine Frau so zu lieben, wie es sich für einen Ehemann in der Brautnacht gehört, aber die Tochter des Riesen sprach:

»Wir dürfen jetzt nicht miteinander schlafen. Das wäre unser Tod. Wir müssen fliehen, ehe mein Vater dich umbringt.« Darauf nahm sie einen Apfel und teilte ihn in neun Schnitze. Zwei Schnitze legte sie auf das Kissen am Kopfende ihres Bettes, zwei an das Fußende. Als sie durch eine kleine Tür das Haus verließen, legte sie wieder zwei Schnitze auf die Schwelle, und noch einmal zwei legte sie auf die Schwelle der großen Tür. Dann bestiegen die beiden ein blaugraues Füllen und ritten damit auf den Schwingen des Windes davon.
Im Haus ging der Riese zur Brautkammer: »Ihr schlaft doch noch nicht?« rief er.
Da antworteten die zwei Apfelschnitze am Kopfende: »Noch nicht ganz! Wir haben noch Besseres zu tun!«
Nach einer Weile klopfte der Riese wieder und fragte, denn er war begierig, den Prinzen zu töten, und diesmal antworteten die beiden Schnitze am Fußende des Bettes: »Nein, wir schlafen noch nicht. Wir haben noch Besseres zu tun.«
Der Riese gab sich wieder für eine Weile zufrieden, und als er das nächste Mal anklopfte und fragte: »Schlaft ihr schon?« kam abermals die Antwort: »Nein, wir haben noch Besseres zu tun.«
Da aber diesmal die Apfelschnitze, die an der Tür lagen, antworteten, klang es etwas leiser, und das machte den Riesen mißtrauisch. Er warf sich gegen die Tür. Da sah er, daß die Brautkammer leer war. Zornentbrannt darüber, daß seine eigene Tochter ihn überlistet hatte, machte er sich an die Verfolgung des Paares.
Gegen Morgen, als die ersten Strahlen des neuen Tages über den Himmel huschten, sagte die Tochter des Riesen im Sattel auf dem blaugrauen Füllen zu ihrem Geliebten: »Hörst du, wie hinter uns die Erde erzittert? Es ist mein Vater, der uns verfolgt. Ich spüre schon seinen Atem auf meinem Rücken brennen.«

»O weh, was sollen wir jetzt nur tun?« fragte der Prinz, »gibt es da noch ein Entkommen?«
»Greif in das Ohr des blaugrauen Füllens«, sprach die Tochter des Riesen, »und was immer du im Ohr findest, wirf es hinter dich, damit es meinem Vater den Weg versperrt.« Der Prinz tat, wie ihm geheißen. Aus dem Ohr des Pferdes holte er den Zweig eines Dornenbusches hervor. Und kaum hatte er ihn über die Schulter hinter sich geworfen, sieh da, da erhob sich ein Schwarzdornwald von zwanzig Meilen Länge, dessen Zweige standen so dicht, daß nicht einmal ein Wiesel hätte hindurchschlüpfen können. Als der Riese dieses Hindernis erkannte, rief er: »Und ich werde sie doch einholen.«
Er wandte sich auf der Stelle um und sprang heim, um seine Axt und ein Haumesser zu holen. Bald war er zurück und bahnte sich mit den Werkzeugen einen Pfad durch den Wald. Als es nun Mittag geworden war und die Sonne hoch am Himmel stand, da rief die Tochter des Riesen wieder: »Mein Vater hat uns fast eingeholt. Sein Atem brennt mir im Rücken.«
Wieder riet sie dem Prinzen, seine Hand in das Ohr des blaugrauen Füllens zu stecken und das, was er dort fände, hinter sich auf den Weg zu werfen. Diesmal zog er einen kleinen Splitter von einem grauen Stein hervor, und sobald dieser die Erde berührt hatte, erhob sich eine Felswand, die war zwanzig Meilen lang und zwanzig Meilen breit.
»Und dennoch werde ich sie einholen! All das wird mich nicht daran hindern!« schwor sich der Riese, als er sah, wie ihm das Gebirge den Weg versperrte, und mit großen Schritten lief er wieder nach Hause zurück, um eine Breithacke zu holen. Es wurde dunkel, bis er es geschafft hatte, sich einen Weg durch das Felsgestein zu hauen, und als der Mond dann aufging, rief des Riesen Tochter wieder: »Mein Vater hat uns fast eingeholt. Ich spüre seinen heißen Atem an meinem Rücken.« Ohne daß ihm das Mädchen

etwas erklären mußte, griff der Prinz abermals in das Ohr des Pferdes, und diesmal zog er eine kleine Blase voll Wasser hervor. Kaum hatte er sie über seine Schulter geworfen, siehe da, da dehnte sich unten ein See von zwanzig Meilen Breite und zwanzig Meilen Länge aus.
Der Riese aber, der in seinem wütenden Lauf nicht mehr innehalten konnte, stampfte hinein, ging unter und ertrank. Weder seine Tochter noch der Prinz noch sonst irgend jemand auf dieser Welt haben ihn seither jemals wieder gesehen.
Das Pferd verfiel in einen gleichmäßigen Trab, und als er sich nun beim Schein des Mondes umschaute, war es dem Prinzen, als komme ihm das Land bekannt vor.
»Gewiß nähern wir uns jetzt meines Vaters Haus«, sagte er zu seiner Braut. »Auf diesen Feldern habe ich gespielt, als ich noch ein Kind war.« Und als er daran dachte, daß er nun heimkehrte, pulste Freude durch sein Herz.
Bald kamen sie an eine Steinmauer, und dort rasteten sie eine Weile. Als der Prinz aufstand und die Reise fortsetzen wollte, sagte die Tochter des Riesen: »Es ist besser, du gehst allein zum Haus deines Vaters und bereitest deine Eltern auf mein Kommen vor. Ich werde hier warten, bis du mich holen kommst.«
Der Prinz war einverstanden, aber ehe er davonritt, sagte die Tochter des Riesen zu ihm noch mit ernster Stimme: »Mein liebes Herz, laß dich weder von einem Tier noch von einem Menschen küssen, während ich nicht bei dir bin, sonst wird sich ein schlimmer Zauber auf dein Gedächtnis legen, und du wirst mich völlig vergessen.«
»Dich vergessen«, rief der Prinz, »wie könnte ich das!« Aber er versprach, die Warnung seiner Braut zu beachten.
Also ritt er zu und kam schließlich vor das große Schloß seines Vaters, das in der schönen grünen Senke lag. Und obwohl er erst sieben Jahre alt gewesen war, als ihn der

Riese mit sich fortgenommen hatte, erinnerte sich der Prinz doch noch genau an die hohen Türme, die schönen Gärten und die Obstbäume, die das Schloß umgaben. Er band das blaugraue Füllen im Burghof an und schritt in die große Halle. Sein Vater und seine Mutter saßen dort an dem großen Tisch, und kaum war ihr Blick auf den jungen Mann gefallen, da wußten sie auch schon, daß dies ihr Sohn war. Sie sprangen auf und umarmten ihn. Da gedachte der Prinz der Warnung, und als sie ihn auf die Wange küssen wollten, hielt er sie davon zurück. Während er seinen Eltern davon erzählte, was er alles in seiner Abwesenheit erlebt hatte, kam ein schlanker grauer Hund unter dem Tisch hervor. Es war das Schoßhündchen, mit dem der Prinz als Kind gespielt hatte. Inzwischen war das Tier voll ausgewachsen.

Aber, o weh! Ehe der Prinz ihn daran hindern konnte, war der Hund an ihm hochgesprungen und hatte ihm das Gesicht geleckt, und augenblicklich wich jede Erinnerung an die Tochter des Riesen aus des Prinzen Bewußtsein.

Dann bat der Vater seinen Sohn, doch weiterzuerzählen: »Du sprachst von einer schönen Frau, mein Sohn«, erinnerte er ihn. Da schaute ihn der Prinz fragend an und sagte: »Von einer Frau ... von was für einer Frau. Es gab da keine Frau, mein Vater.«

Unterdessen wartete die Tochter des Riesen an der Stelle, wo der Prinz sie zurückgelassen hatte. Und als viel Zeit vergangen, und er immer noch nicht zurückgekommen war, ahnte sie, was geschehen sein mochte und daß er sie aus dem Gedächtnis verloren hatte. Da kein Haus in der Nähe war, kletterte sie auf die Äste eines Baumes, um vor Wölfen sicher zu sein und beschloß, dort zu warten, bis irgend jemand des Weges komme.

Nun war aber unter diesem Baum eine Quelle, und kaum hatte es sich das Mädchen in den Ästen bequem gemacht, da kam eine alte Frau mit einem Eimer. Sie war die Frau eines Schuhmachers, der in der Nähe lebte, und ihr Mann hatte sie ausgeschickt, um Wasser zu holen. Sie beugte sich über die Quelle, um ihren Eimer einzutauchen, und plötzlich, sehr zum Erstaunen des Mädchens, das schweigend oben auf der Astgabel verharrte, schreckte sie zurück. Sie hatte im Wasser das Spiegelbild der Tochter des Riesen gesehen, und töricht, wie sie war, es für ihr eigenes Spiegelbild gehalten. »Seh' ich aber hübsch aus«, sagte sie und fuhr sich über ihre zerknitterten Wangen. Und dann sprach sie weiter: »Wenn eine so hübsch ist wie ich, hat sie es doch nicht nötig, für einen alten Dummkopf wie meinen Mann Wasser zu tragen.«

Sie warf also den Eimer hin und rannte davon. Der arme Schuhmacher meinte, seine Alte müsse den Verstand verloren haben, als sie heimkam und ihre Schönheit rühmte. Er zuckte nur die Schultern und machte sich selbst auf, um den Eimer von der Quelle zu holen. Als er dort ankam, rief ihn die Tochter des Riesen an und fragte ihn, wo sie wohl ein Quartier für die Nacht finden könne, und als der Schuhmacher sie sah, wurde ihm klar, daß seine Frau von dem Spiegelbild des schönen Mädchens getäuscht worden war.

Das Ende der Geschichte war, daß die Tochter des Riesen in das Haus des Schuhmachers mitkam, und als die alte Frau sah, daß sie sich getäuscht hatte, lachte sie so sehr, bis all ihre Eitelkeit wieder verflogen war. Das Paar lud das Mädchen ein, so lange zu bleiben, bis sie wisse, wohin sie wolle, und das Mädchen dachte ständig darüber nach, wie sie den Prinzen für sich zurückgewinnen könne.

Eines Tages kam der alte Schuhmacher sehr aufgeregt heim: »Beim König gibt es eine große Hochzeit, und ich soll die Schuhe für den Bräutigam und für den ganzen Hof anfertigen.«

Und als die Tochter des Riesen fragte, wer denn der Bräu-

tigam sei, antwortete er: »Niemand anderes als der junge Prinz. Er heiratet die Tochter eines reichen Herrn.«
Von da an war überall von nichts anderem die Rede, als von der großartigen Hochzeit im Hause des Königs. Aber als der Tag herankam, wußte die Tochter des Riesen, was sie tun würde.
Ehe das junge Paar getraut wurde, hielt der König ein großes Fest, zu dem alle Leute aus der Umgebung zu Gast geladen waren. Auch der alte Schuhmacher, seine Frau und die Tochter des Riesen gingen hin, setzten sich an einen der langen Tische in der Halle, aßen und tranken und ließen es sich wohl sein.
Viele Leute in der Gesellschaft wurden auf die Tochter des Riesen aufmerksam, weil sie so schön war, und fragten sich, wer wohl das Mädchen wäre. Der Prinz saß mit seiner neuen Braut und all seiner Verwandtschaft oben an dem großen Tisch, und auch er bemerkte das hübsche Mädchen mit dem rotgoldenen Haar. Eine ganz schwache Erinnerung glomm in ihm auf, als er dieses Gesicht ansah. Aber so rasch sie kam, so rasch war sie auch wieder verflogen. Dann, als das Fest seinen Höhepunkt erreicht hatte, rief der König der Gesellschaft zu, man möge jetzt ein Glas auf das Wohl seines Sohnes austrinken, und alle Gäste erhoben sich.
Als aber die Tochter des Riesen ihr Glas an die Lippen setzte, sprang eine grelle Flamme hervor. Alle, die sich im Saal befanden, verstummten, so schön war dieses grelle Licht anzusehen. Und als sie näher hinschauten, erhoben sich zwei Tauben aus der Flamme. Die Flügel der einen Taube schimmerten golden, und auch ihre Brust schien aus geschmolzenem Gold. Die andere Taube hatte silbernes Gefieder, und zusammen kreisten die Vögel durch die Luft, direkt über dem Platz des Prinzen. Er sah zu ihnen hin, und sein Erstaunen wuchs, als sie mit menschlicher Stimme zu reden anfingen. »O Königssohn«, sagte die gol-

dene Taube, »erinnerst du dich nicht mehr an die Jauchegrube im Hof des Hauses, in dem der Riese wohnte? Wer hat sie geleert? Wer hat dich damals aus großer Gefahr errettet?«

»O Königssohn«, sagte die silberne Taube, »hast du vergessen, wie das Dach über der Jauchegrube mit einer Million Vogelfedern gedeckt worden ist?« Dann sprachen sie zusammen: »O Königssohn, weißt du nicht mehr, wie es dir gelungen ist, zu dem Elsternnest auf den hohen Fichtenbaum zu steigen? Deine Liebste hat ihren kleinen Finger verloren, damit du hinauf- und hinabsteigen konntest.«

Der Prinz sprang auf, griff sich mit den Händen an die Stirn. Jetzt erinnerte er sich an die Aufgaben, die der Riese ihm gestellt hatte, er erinnerte sich daran, wie er diese Aufgaben ausgeführt hatte. Er erinnerte sich an das schöne Mädchen, das er zum Weib gewonnen hatte. Er schaute über die langen Tische hin, und sein Blick fand die schönen Augen der Tochter des Riesen. Mit einem Freudenschrei lief er zu ihr und nahm ihre Hand. Und so wurden die beiden endlich miteinander glücklich.

Das Feiern und das Trinken dauerte noch viele Tage fort, und wenn sie noch nicht aufgehört haben, so feiern sie vielleicht immer noch.

Der König der Lügner

Es war einmal ein König, der war sehr krank. Seine Frau war gestorben, und er hatte nur eine Tochter. Eines Tages nun läßt er sie rufen und spricht zu ihr: »Hör einmal«, sagt er, »du mußt dich jetzt auf etwas Schlimmes gefaßt machen. In etwa einem Jahr, so sagen die Ärzte, werde ich sterben. Vielleicht geht's auch noch rascher. Ich denke, ich sollte meine Räte rufen lassen, damit ich ihnen erkläre, was mit meinem Reich geschehen soll. Also geh, und hole sie her.«
Also lief das Mädchen, das sehr betrübt war über das, was sie da gehört hatte. Sie rief die Drei Weisen, wie man sie nannte, herbei. Sie führte sie an das Lager des Königs. Der erklärte ihnen, wie es um ihn stand, und sagte ihnen, er sei um einen Mann verlegen, der an seiner Stelle regieren könne.
(Hörst du überhaupt zu, Toby!)*
»Ich habe mich entschlossen«, sagt der König, »der Mann, der es fertigbringt, daß ich ihn einen Lügner nenne, der soll meine Tochter zur Frau bekommen und mein Königreich dazu.«
Sagt einer der Räte: »Das klingt ja ganz gut, aber wir können damit nicht Jahre warten.«
»Nein, nein«, sagt der König, »ich stelle mir vor, wenn der rechte Mann kommt, einer, dem es gelingt, mich zu verlei-

---

* Es handelt sich um die wörtliche Wiedergabe des Textes eines mündlichen Erzählers. Daher der Zwischenruf an einen der offenbar unaufmerksamen Zuhörer.

ten, daß ich ihn einen Lügner nenne, so bekommt er auf der Stelle meine Tochter zur Frau.«

»Na schön«, sagen die Räte, »versuchen wir es einmal so.«

Nun, über neun Monate hin kamen Ritter, Edelleute, Vagabunden, Herzöge, Grafen, und sie alle versuchten, dem König Geschichten zu erzählen, bei denen er ausrufen würde: Hört euch diesen Lügner an. Aber keiner von ihnen hatte damit Glück.

Um nun eine lange Geschichte kurz zu machen: Im Tal im alten Wald stand da eine Hütte, und darin wohnte ein fauler Kerl, den die Leute »Dummer Jack, der Wasserträger«, nannten. Er hatte sein Leben lang nichts anderes getan, als für die Diener auf dem Schloß Wasser zu tragen. Er trug auch für seine Mutter das Wasser herbei, er schlief auf dem Aschenhaufen und kratzte die Töpfe aus, weil er hungrig war.

Eines Tages kommt es seiner Mutter an – war eine alte Frau, die die Kühe molk –, mal mit ihm zu reden. »Jack«, spricht sie, »willst du nicht ein paar Scheite Holz hacken, damit wir am Morgen Feuerholz haben?«

»Ach Mutter«, sagt er, »ich bin müde, laß mich schlafen.«

»Schon wieder«, sagt sie, »den ganzen lieben langen Tag liegst du doch in der Scheune im Stroh und schläfst. Du gräbst nicht den Garten um, du tust rein gar nichts. Du bringst nicht einmal die Kuh aufs Feld.«

»Na schön«, sagt Jack, »wenn du nicht mit mir zufrieden bist, dann geh ich mal zum König aufs Schloß und erzähle dem Mann eine Geschichte.«

»Du und dem König eine Geschichte erzählen!« sagt die Mutter, »schon wenn du auf das Schloß des Königs zugehst, werden sie dich erschießen.«

»Ach was«, sagt er, »ich habe heute mittag mit einem Mann gesprochen, der hat gesagt, jeder Landstreicher darf

ins Schloß, um ihm eine Geschichte zu erzählen. Ich bin so gut wie jeder andere.«
»Na schön«, spricht sie, »ich hoffe, du gewinnst.«
Nun, Jack besaß kein Schwert, aber wenn es zu einem Ort wie diesem ging, nahm er ein Sensenblatt und befestigte es mit einem Band an seinem Gürtel. Das geschah, damit er etwas bei sich hatte, um sich zur Not verteidigen zu können. Er marschiert tüchtig zu, die Straße entlang, durch die Tore, und dort hält ihn eine Wache, also ein Soldat, an und spricht: »Hallo, Jack«, spricht er, »wo willst du denn hin?« (Der Soldat kannte Jack, versteht ihr.)
Und darauf Jack: »Ich will da rein ... zum König.«
»Ha, ha, ha«, spricht der Soldat, »du und zum König! Daß ich nicht lache. Auch wenn ich dich durchlasse – die weiter hinten, die schmeißen dich raus. Die lachen sich tot, wenn sie so einen wie dich kommen sehen.«
»Nichts da«, erwidert Jack, »ich kann mir nicht vorstellen, daß du das Recht hast, mich hier aufzuhalten. Besser du läßt mich gehen. Denn, wenn ich mal König bin ...«
»Du und König«, spricht der Soldat, »da kichern ja die Hennen. Aber meinetwegen, an mir soll es nicht liegen, wenn du nicht König wirst.«
Nun, Jack setzt sich in Marsch, tut so, als ob er ein Soldat wäre, und das Sensenblatt baumelt an seiner Seite. Und all die verschiedenen Wachen, die in einem Schloß stehen und an denen er vorbei mußte, lachen.
Dann steht er vor einer großen Tür mit einem großen Türklopfer, den betätigt er. Der Haushofmeister kommt heraus, ein Mann in einem roten Rock, einem Schwalbenschwanz, und er spricht: (Jeder kannte Jack, versteht ihr.) »Jack, zum Teufel, was machst du denn hier? Ist dir deine Kuh fortgerannt? Hier im Schloß ist sie nicht, wenn du das gedacht hast.«
»Nichts«, sagt Jack, »ich will zum König.«
»Na und was willst du beim König?«

»Ich will halt hin und hören, ob ich ihn sagen höre: Ja, der ist ein Lügner.«
»Ja natürlich kannst du zum König ... wie jeder andere auch. Ich kann dich nicht zurückhalten. Zudem, es ist jeder aufgefordert, es zu versuchen.«
Jack tritt ein, und drinnen starren die Mädchen ihn an und lachen über ihn, über seine zerfetzten Stiefel und seine alten Hosen. Seine Hosen hatten einen Flecken auf dem Hintern, und der Hemdenzipfel hing heraus. Das macht ihm alles gar nichts, er geht über die Plüschteppiche, die roten Teppiche, die Treppen hinauf, zum Thronsaal im Schloß, und dort läutet er die Glocke, und die klugen Räte bitten ihn herein. Er grüßt den König und spricht: »Wie geht's denn gerade so, König«, sagt er, »liegen Sie schon lange im Bett?«
»Tja, Jack«, spricht der König, »so ist das nun mal. Und dich habe ich auch schon Jahre nicht gesehen.«
»Wissen Sie«, sagt Jack, »ich mache bei niemandem groß Besuche. Und noch dazu bei einem, der bettlägrig ist. Ist ja peinlich. Zu fragen: wie geht's denn?, und immer zu hören: schlechter und schlechter. Also, um das gleich mal klarzustellen, heute bin ich hier, Herr König, weil ich Ihre Tochter heiraten will.«
Der König blickt ihn an. Das kann er sich nicht vorstellen. Die Räte müssen ein wenig grinsen, aber der König macht eine Handbewegung, sie sollen nach draußen verschwinden, und das tun sie dann auch.
Also steht Jack in dem Prachtzimmer in seinen dreckigen Stiefeln und seinen zerrissenen Hosen neben dem Bett des Königs und fängt an, diesem eine Geschichte zu erzählen. (Also, das ist nun die Geschichte, die Jack dem König erzählte, versteht ihr?) Er spricht: »Ihr kennt meinen Vater, Herr König. Ich meine, ehe er starb.«
»Ja, ein guter Mann, dein Vater, Jack.«
»Na ja, aber nicht so gut wie ich.«

»War er nicht?« sagt der König.
»Nein«, sagt Jack, »wollt Ihr mich jetzt nicht einen Lügner heißen.«
»O nein«, sagt der König.
»Gut«, spricht Jack, »mein Vater wurde sehr krank.«
»Ja«, sagt der König.
»Und ich mußte das bißchen Acker, was wir besitzen, selbst bewirtschaften.«
»Ich verstehe«, spricht der König und sagt: »Wie hast du das gemacht, Jack?«
»Nun, als mein Vater tot war, mußte ich das Getreide schneiden. Und wißt Ihr womit?«
Der König mustert ihn, und dann spricht er: »Mit dem Sensenblatt. Ich meine, mit diesem Schwert, das du trägst.«
»Ich bitte Sie, doch nicht mit dem Schwert. Mit einer Sichel. Vierzig Morgen Weizen oder Mais in zwei Stunden.«
»Gott steh uns bei«, spricht der König, »ganz allein?«
»Ganz allein. Wollt Ihr etwa sagen, ich lüge?«
»Nein, nein«, sagt der König, »einen Lügner nenne ich dich nicht.«
»Nun«, sagt Jack, »als ich anfing, war es ein schöner Morgen, und die Vögel zwitscherten. Ich schneide also Mais, und was soll ich Ihnen sagen. Wer kommt da aus dem Mais gesprungen? Niemand anderes als ein brauner Hase. Ich war ganz aufgeregt und rannte ihm hinterdrein, denn für mein Leben gern esse ich Hasenbraten und Kaninchen, aber ich hatte keinen Hund, nichts hatte ich. Also was half's, ich nehme meine Sichel und werfe sie dem Hasen nach. Sie saust durch die Luft ... immer dem Hasen nach ... saust und saust mit vierzig Meilen in der Stunde, und ich renne. Die Sichel trifft ihn, bohrt sich in seinen Rücken, aber der verdammte Hase saust weiter, saust weiter und tritt jeden Stengel Mais in diesem Feld platt.«

»Gott segne uns«, sagt der König, »so etwas habe ich wirklich noch nie gehört.«
»Soll das heißen, daß Sie mich einen Lügner nennen?« fragt Jack.
»Aber nein«, sagt der König.
»Nun«, erzählt er weiter, »es gab dann eine große Hungersnot. Es war ein schlechtes Jahr, verstehen Sie... für Mais und Weizen. Sie erinnern sich sicher noch.«
»Woran, an die Hungersnot...? Ich weiß nichts von einer Hungersnot«, sagt der König.
»Wollen Sie damit sagen, ich lüge?«
»O nein«, sagt der König, »davon kann nicht die Rede sein.«
»Nun«, sagt Jack, »das ist merkwürdig, es war also das Jahr der großen Hungersnot, und niemand, aber auch wirklich niemand in Schottland und England hatte ein Korn Weizen. Die Schiffe konnten nicht auf See. Es war so stürmisch. Für sechs Wochen konnten die Schiffe nicht auslaufen... ich meine, in andere Länder, um dort Getreide oder Mais zu holen.«
»Daran kann ich mich gar nicht erinnern«, sagt der König.
»Also wirklich«, sagt Jack, »meinen Sie etwa, ich lüge?«
»Nein, nein, ein Lügner bist du nicht... erzähl nur weiter. Was geschah dann?«
Der König begann sich zu interessieren. Er hielt Jack für einfältig, aber das war er ganz und gar nicht. Der König wußte nicht, was er von alldem halten sollte.
»Nun jedenfalls«, fährt Jack fort, »Schiffe fuhren keine aus. Aber ich machte mich auf und sagte dem Bürgermeister in der Stadt, daß ich Weizen und Mais holen werde. Und zwar innerhalb eines Tages. Die schauten mich an, als sei mein Gesicht die Rückseite des Mondes, und lachten mich aus. Ihr müßt gar nicht lachen, sagte ich zu ihnen. Ihr bekommt euer Getreide.«

Sagt der König: »Wo wolltest du denn das Getreide hernehmen?«
Sagt Jack: »Ich schickte mich an, zwei Sprünge und drei Hupfer zu machen. Quer über das Mittelmeer, nach Afrika oder Frankreich oder in diese Länder, und dort würde ich es mir dann aufladen und wollte wieder zurückspringen. Zwei Sprünge, drei Hupfer.«
»Einfach so über das Meer springen!« sagt der König. »Wie kann denn«, spricht er, »ein Mensch übers Meer springen?«
»Na«, sagt Jack, »ich konnte es. Ich konnte über eine ganze Stadt hinwegspringen mit einem Hupfer, na, und dann erst recht mit zwei Sprüngen und drei Hupfern übers Meer. Wollen Sie behaupten, ich lüge?«
»Nein, nein«, sagt der König, »davon ist ja nicht die Rede. Aber wie hast du das nur gemacht?«
»Nun«, sagt Jack, »ich nahm Anlauf. Anlauf, Absprung, Aufsprung, Weitsprung. Dann flog ich durch die Luft und landete in Afrika. Und der erste Mensch, dem ich begegnete, war ein großer Häuptling. Er hatte Federn auf dem Kopf und tanzte im Rumbaschritt um mich herum. Also redete ich ihn auf gälisch an.«
»Gälisch!« ruft der König.
»Ja, ich redete in gälischer Sprache zu ihm.«
»Und, konnte er Gälisch?«
»Ja, das konnte er.«
»Na so was, ich hab nie von jemandem gehört, daß ein Afrikaner oder sonst ein Wilder Gälisch gesprochen hätte.«
»Soll das heißen, daß ich lüge?«
»Nein, nein«, sagt der König, »einen Lügner nenne ich dich nicht.«
Nun also, Jack gab dem König schon verdammt was zu kauen. Der König wußte nicht, was er von all dem halten sollte.

Aber wie dem auch sei, um eine lange Geschichte kurz zu erzählen, Jack redete weiter. Er ging unter den Wilden herum und erzählte, daß es in Schottland keinen Mais mehr gäbe, daß alle am Sterben wären, daß das ganze Land stürbe.
Und die Wilden fragten: »Ja, aber wie willst du denn den Weizen zurückbringen?«
Da sagte Jack: »Ich nehme ihn einfach auf meinen Rücken.«
Nun eben in dem Augenblick stach ihn etwas am Rücken. Jack streckte seine Hand aus und erwischte das Vieh noch. Es war eine Fliege, er wendete ihre Haut, machte das Innen zu Außen, und so gab es einen Sack.
»Den macht mal voll«, sagte er.
Der König fängt an, lauthals zu lachen. »Ha, ha...!«
Fragt Jack: »Worüber lachen Sie, Mann?«
»Eine Fliegenhaut mit Weizen und Mais zu füllen«, sagt der König, »das ist doch lächerlich.«
»Wollen Sie etwa behaupten, ich sei ein Lügner?« sagt Jack.
»Nun... nein, nein«, sagt der König. »Einen Lügner nenne ich dich nicht.«
»Also«, sagt Jack, »sie füllen mir vierhundertundfünfzigtausend Tonnen Weizen in den Sack aus Fliegenhaut.«
»Wirklich«, sagt der König, »das ist eine gewaltige Ladung. Daß ein Fliegenhautsack so viel aushält, grenzt an ein Wunder. Und dann mußtest du es ja auch wieder hierherbringen.«
»Ja«, sagt Jack, »das war verdammt mühsam. Ich war jetzt wirklich in Verlegenheit. Mir diesen Sack auf den Rücken zu laden.«
»Tausende von Tonnen auf deinen Rücken, Jack?«
»Ja, Herr König, ein paar tausend Tonnen. Meinen Sie, ich lüge?«

»O nein«, sagt der König.
»Nun«, sagt Jack, »ich hatte wieder mal Glück. Kommt da doch ein Schwarm Gänse an. Ich dachte, es gäbe ein Gewitter, so viele Gänse waren es. Sie verfinsterten die Sonne, und sie kamen dann tiefer und tiefer, und als sie ganz tief waren, sah mich die erste und sagte zu mir: ›Jack, du bist in Schwierigkeiten, nicht wahr? Wir haben dich unten stehen sehen.‹ Da meinten einige: ›Da unten steht Jack. Wir müssen ihm unbedingt helfen!‹ Und ich sagte: ›Das ist schrecklich nett von euch.‹«
Der König sagt: »Die Gänse redeten mit dir und kamen dir zu Hilfe, Jack?«
»Ja doch«, sagt Jack.
Der König fragt: »Wie haben sie denn das angestellt?«
»Das wollte ich Ihnen gerade erzählen«, sagt Jack. »Sie sagten, ich solle auf ihren Rücken klettern. Und sie breiteten ihre Flügel aus, flach auf dem Boden, gerade wie ein großes Tuch ... eine gewaltige Decke über die ganze Wüste hin.«
»Und was geschah dann?« fragt der König.
»Tja«, sagt Jack, »ich wuchtete und schüttete, bis ich all den Mais und den Weizen den Seevögeln aufgeladen hatte, und dann setzte ich mich dazu und schlief ein. Und als ich aufwachte, was soll ich Ihnen sagen, waren wir schon über der Nordsee, und ich sah unter mir winzig kleine Schiffe, die durch den Sturm in Seenot geraten waren. Ich konnte nichts machen, um ihnen zu helfen. Ich schaute über den Rand der Flügel nach unten ...«
»Wie konntest du denn über den Rand nach unten schauen? Wieviel Gänse waren es eigentlich?«
Sagt Jack: »Es waren fünfhundertundfünfzig Millionen.«
»Fünfhundertundfünfzig Millionen«, ruft der König. »Großer Gott!«
»Wollen Sie etwa jetzt behaupten, ich lüge?«

Fragt der König. »Wie konntest du denn durch all die Gänse hindurch nach unten schauen, Jack?«
»Ach, ich schob einfach die Federn etwas zur Seite«, antwortet der, »und ich blickte durch das Loch. Da sah ich alles, als ob ich durch ein Fernrohr schauen würde... durch ihren Bauch, ihren Magen und die Federn.«
»Gott segne uns«, sagt der König, »so etwas ist mir nun wirklich noch nie zu Ohren gekommen.«
»Tja«, meint Jack, »wird auch eine Zeitlang dauern, bis Sie so etwas wieder zu hören bekommen. Aber Sie wollen doch nicht etwa sagen, daß ich lüge?«
»O nein«, entgegnet der König.
»Nun, das ging immer so weiter. Wir befanden uns jetzt über der Nordsee und näherten uns der schottische Küste, als die Gänse plötzlich anfingen, miteinander zu reden. Sie können sich vorstellen, was das für ein Geschnatter war. Sie wurden müde vom Gewicht des Getreides auf ihren Rücken. Man muß sich das mal vorstellen: Tausende von Tonnen Weizen und Mais. Das hängt an. Als sie nun so dahinflogen, sprachen sie: ›Jack, wir werden dich abwerfen müssen.‹ Und ich antwortete: ›Das ist nicht so schlimm. Wir sind ja jetzt über Schottland.‹ Die Gänse benahmen sich ziemlich schofel.«
»Wieso?« fragt der König. (Er war ja ziemlich interessiert, versteht ihr!) »Was haben sie denn gemacht?«
»Sie spreizten ihre Federn und ließen mich und das Korn einfach fallen. Wir kamen herunter vom Himmel. Es hörte sich an, als ob es blitzen und donnern würde und hageln dazu, von dem Mais und dem Weizen. Und ich immer mitten drin... abwärts.«
»Gott segne uns!« ruft der König, »bist du dabei getötet worden, Jack?«
»Nicht doch«, erwidert Jack,« könnte ich Ihnen dann all das erzählen? Ich kam runter wie der Blitz und hoffte, ich würde an der Hintertür von meiner Mutter Haus landen.

Statt dessen landete ich an der Vordertür. Ich steckte bis zum Hals in einem großen Stein.«
»Bis zum Hals ... und du lebst noch?« sagt der König.
»Na ja«, fährt Jack fort, »ich steckte also da in dem Stein und kam nicht mehr raus. Alles, was ich tun konnte, war, meinen Hintern zu bewegen. Aber das half auch nichts. Mein Körper sank mehr und mehr ein.«
»Unglaublich«, spricht der König.
»Unglaublich...? Wollen Sie damit sagen, ich lüge?«
»Nein, vom Lügen war nicht die Rede.«
»Nun«, sagt Jack, »wissen Sie, was ich tat? Es waren nur zwei- oder dreihundert Meter bis zum Haus meiner Mutter. Und dann der ganze Mais! Er bedeckte den ganzen Wald, nicht ein Baum war zu sehen. Und die Vögel kamen schon an und pickten das Getreide auf. Ich wußte wirklich nicht mehr, was tun. Ich versuchte, mich aus dem Felsen rauszuwinden, aber es ging nicht. Also sagte ich, das beste wird sein, ich versuche es mal mit meinem Schwert. Hier, dieses alte Schwert, das ich an meiner Seite trage. Hat mich ein paar tausend Pfund gekostet... dieses Schwert.«
Der König schaut auf das Sensenblatt, dann sagt er: »Das soll ein Schwert sein? Ein Sensenblatt ist das!«
»Das ein Sensenblatt?« sagt Jack. »Das ist ein vorzügliches Schwert, eine bessere Waffe, als manche Ihrer Leute draußen im Burghof haben.«
»Pah, das ist ein Sensenblatt, sag ich.«
»Wollen Sie mich einen Lügner nennen?«
»Nein, das nicht«, sagt der König. »Schon recht. Das ist also ein gutes Schwert.«
»Nun«, sagt Jack, »ich ruckte und zuckte, bewegte meinen Arm vor und zurück. Und schließlich schnitt ich mir den Kopf ab.«
»... den Kopf ab!« ruft der König.
»Ja, es war die einzige Möglichkeit, um fortzukommen. Ich befahl meinem Kopf, heimzurennen und meine Mut-

ter zu bitten, mir zu Hilfe zu kommen und mich aus dem Stein zu befreien.«
»Du hast wirklich deinem Kopf befohlen heimzulaufen? Wie ging das denn zu, Jack? Du hattest doch dann keinen Kopf mehr auf den Schultern.«
»Wollen Sie damit sagen, ich lüge?«
»O nein, das habe ich nicht gesagt.«
»Nun«, spricht Jack, »mein Kopf rollte also heim. Ich hieß ihn, sich beeilen, und er hastewaskannste sauste den staubigen Weg entlang. Aber wie er da so rollte, sah er einen Fuchs, der hatte gerade im Hühnerhof meiner Mutter gewütet. Ich schoß ein-, zweimal auf das Vieh, traf es aber nicht. Doch der Fuchs setzte meinem Kopf nach. Immer hinterher. Ich brüllte: ›Lauf, was du kannst. Nun lauf schon. Schneller!‹«
»Aber wie konntest du ohne Kopf rufen?« fragt der König.
»Immer langsam«, spricht Jack, »wollen Sie jetzt etwa behaupten, ich lüge?«
»Nein, nein ... einen Lügner nenne ich dich nicht.«
»Nun«, sagt Jack, »der Fuchs holte also meinen Kopf ein. Und gerade als er ihn eingeholt hatte, machte ich ›Hhuuh!‹ und kam aus dem Felsen frei. Ich rannte also dem Fuchs nach, er hatte meinen Kopf schon im Maul, ich versetzte ihm einen Fußtritt nach dem anderen. Ich trat und trat ihn, und was soll ich Ihnen sagen, von den Tritten ließ er sieben junge Füchse fallen. Haben Sie so etwas schon einmal gehört, Herr König?«
»Nein so was«, ruft der König ganz aufgeregt und richtet sich im Bett auf.
»Ja doch, sieben junge Füchse. Und wissen Sie, was der Fuchs darauf gesagt hat? Er hat gesagt: Die ärgste Fuchsscheiße ist ja noch besser als du!«
»Du lügst!« ruft der König. Und dann: »Na schön, dafür bekommst du meine Tochter und das Schloß.« Und darauf wurde der König ohnmächtig und starb.

Aber Jack ist immer noch auf dem Schloß. Er hat das Mädchen geheiratet, und sie sagt, wenn man sie fragt, wie die Ehe so geht: »Na, was soll ich sagen. Ich hätte an einen Schlimmeren geraten können.«
Das war doch 'ne schöne Geschichte, oder?

Der Große Wind

Es war einmal eine alte Frau, die lebte mit ihrem Sohn in einem winzigen Haus am Abhang des Berges. Sie besaßen nur eine Kuh, ein Schwein und ein paar Hennen. Der Sohn arbeitete hart, als es galt, das Getreide zu mähen und die Garben aufzusetzen. Aber dann kam der Große Wind. So stark blies er, daß das Strohdach davonflog, und als Jack die Kuh füttern gehen wollte, sah er, daß das letzte bißchen Stroh und Getreide davongeflogen war. Da wurde er sehr zornig und zog aus, um sich nach dem Großen Wind umzuschauen und ihn zur Rede zu stellen für all den Schaden, den er angerichtet hatte. Er ging und ging, bis er endlich zu einem Bauernhof kam, und dort fragte er den Bauern, ob er den Großen Wind gesehen habe. »Das will ich meinen«, sagte der Bauer, »er hat mir auch wirklich alles weggeweht. Ich bin ruiniert.«
»Nun«, sagte Jack, »ich werde den Schaden, den er bei Euch angerichtet hat, zu meinem dazuaddieren, und er wird mir dafür büßen. In welcher Richtung ist er geweht?«
»Er wehte dorthin«, sagte der Bauer, »aber es ist eine sehr schlechte Straße. Und es kann zwei Tage dauern, ehe Ihr wieder ein Haus zu sehen bekommt.« Er gab Jack etwas zu essen, und dann ging der Bursche weiter, und nach zwei Tagen sah er ein Bauernhaus und dahinter ein Königsschloß. Er erkundigte sich in dem Bauernhaus, und der Bauer hieß ihn zum Königsschloß zu gehen. Vielleicht, daß sie dort etwas vom Großen Wind wüßten.
Der König bat ihn herein und sprach: »Das wäre mir nur recht, wenn mal einer mit dem Großen Wind abrechnen

würde. Er hat in meinem Königreich mehr Schaden angerichtet als irgend etwas sonst auf der großen weiten Welt. Er ist ein Riese mit zwei Köpfen und lebt auf dieser Insel da drüben, in einer Ruine von Schloß. Wer ihn erledigt, dem gebe ich meine Tochter zur Frau.« Also gab man Jack ein Schwert und ein Messer und ein Ruderboot, damit er zur Insel übersetzen konnte. Als er dort ankam, ging er zum Schloß. Dort hörte er großen Lärm. Das war der Riese. Und der Riese sprach zu ihm: »Noch einen Augenblick, und du bist ein toter Mann.«
»Da bin ich gar nicht so sicher«, erwiderte Jack. »Ich bin gekommen, um dich für allen Schaden, den du angerichtet hast, zur Rechenschaft zu ziehen!«
»Aber nicht doch«, sagte der Riese, »gleich töte ich dich, es sei denn, du gewinnst bei dem Wettkampf, zu dem ich dich herausfordere. Wenn ich gewinne, bist du deinen Kopf los, gewinnst du, bekommst du einen Sack voller Geld.«
»Wie wollen wir denn kämpfen?« fragte Jack.
»Zunächst einmal mußt du mit mir um die Wette essen.«
»Ich will es versuchen«, sagte Jack.
Nun hatte ihm seine Mutter einen Beutel mit Brötchen mitgegeben, die steckte er sich unters Hemd und setzte sich zu Tisch. Die Frau des Riesen kochte eine riesige Schüssel Haferbrei. Da saßen sie nun da und aßen und aßen. Aber Jack goß seinen Brei in den Beutel. Schließlich hatte der Riese genug, aber Jack mampfte noch immer.
»Nun los, Mann«, rief er, »du hast doch nicht etwa schon genug? Ich brauchte nur rauszulassen, was ich reingestopft habe, und schon könnte ich wieder von vorn anfangen.«
Und nach diesen Worten nahm er sein kleines scharfes Messer und machte einen Schlitz in den Beutel unter seinem Wams. Und heraus kam all der Haferbrei.
»Oh, das ist ja ein großartiger Einfall«, rief der Riese,

nahm ein riesiges Messer und stach sich damit in den Bauch, »darauf wäre ich von allein nie gekommen.«
Das konnte er gerade noch sagen, aber dann sank er auf die Seite und war tot.
Jack schnitt ihm seine zwei Köpfe ab und brachte sie zum König auf das Schloß. Er heiratete die Tochter des Königs, und die beiden lebten glücklich bis ans Ende ihrer Tage.

Lod

•~•~•~•

Es war einmal ein Bauer, der hatte einen Sohn, den man Lod nannte. Er war ein starker Bursche, der wußte, was er wollte. Eines Tages schickte ihn sein Vater mit einer großen Schüssel Haferbrei zu einer Gruppe von Männern, die Torf stachen, aber unterwegs verschüttete Lod den Brei, die Arbeiter blieben ohne Essen und beklagten sich bei dem Bauern, als sie am Abend heimkehrten.

Der Vater schimpfte Lod aus und sagte ihm, er solle auf der Stelle das Haus verlassen und über fünfundzwanzig Straßen ziehen und sehen, wie er in der Welt zurechtkomme, er wolle mit ihm nichts mehr zu schaffen haben. »Wenn es so steht«, sagte Lod, »werde ich eben gehen. Ich bitte dich nur noch, daß du mir eine eiserne Keule gibst, damit ich mich auf meinen Wanderungen meiner Haut wehren kann.«

»Das sollst du haben«, sagte der Vater, ging stracks zu einem Schmied und ließ dort eine Keule machen, die war ein *stone*, das sind mehr als fünf Kilo, schwer. »Das ist eine gute Keule für dich«, sagte er.

Lod griff sich die Keule, und als er sie in die Hand nahm, brach sie sofort entzwei.

»Ach«, sprach er, »ich brauche eine Keule, die stark genug ist für mich.«

Also ging der Vater zurück zum Schmied und ließ eine zweite Keule machen, die hatte ein Gewicht von zwei *stone*. »Die sollte nun aber gewiß stark genug sein«, sagte er, als er sie seinem Sohn gab.

Aber auch diese Keule brach sofort in zwei Teile, als Lod sie in die Hand nahm.

»Ach«, schimpfte Lod, »die taugt auch nichts. Ich brauche eine bessere.«

Die dritte Keule war dreieinhalb *stone* schwer, und der Schmied sagte: »Eine stärkere Keule kann ich nicht machen.«

Doch auch diese Waffe zerbrach, als Lod sie zweimal durch die Luft schwenkte.

Der Vater ließ die beiden Teile beim Schmied wieder zusammenschweißen und sprach dann zu seinem Sohn: »Damit mußt du nun auskommen. Ich bin es leid, dir ständig neue Keulen machen zu lassen.«

Dann nahmen sie Abschied, und der Junge zog fort. Es dauerte nicht lange, da kam er an das Schloß eines Königs und erkundigte sich dort, ob man Arbeit für ihn habe.

»Was für Arbeit kannst du tun?« fragte der König.

»Ich bin ein guter Kuhhirte«, antwortete Lod, »mein Leben lang habe ich Kühe hüten müssen.«

»Das trifft sich gut«, sagte der König, »mein Vieh kommt mir Stück um Stück abhanden. Und ich kann keinen Hirten finden, der ordentlich aufpaßt. Willst du diese Arbeit übernehmen?«

»Das will ich gern, wenn du mir als Lohn das zahlst, was ich brauche. Ich verlange zehn Guineas im Jahr, einen Sack Mehl in der Woche und soviel Milch, wie ich brauche, um mir meinen Brei zuzubereiten. Ich esse zweimal am Tag, am Morgen und am Abend. Ich brauche ein Haus, in dem ich allein wohnen kann, einen Ofen und ein Bett.«

»Nun«, sagte der König, »du verlangst ziemlich viel. Aber da es sich nicht um eine gewöhnliche Herde handelt, sollst du es haben, und wir wollen es für ein halbes Jahr zu diesen Bedingungen miteinander versuchen.«

Also trat Lod in die Dienste des Königs und übernahm dessen Herde. Am nächsten Tag stand er zeitig auf, nahm seine Keule unter den Arm und ging auf die Weide. Während die Kühe auf dem hügligen Grasland ihr Futter suchten, begann Lod in einem Dornendickicht Feuerholz zu sammeln.

Plötzlich hörte er Schritte und sah einen schrecklichen Riesen auf sich zukommen.

»Was treibst du hier, du Däumling?« brüllte der Riese.

»Ach, guter Mann!« sagte Lod. »Jagen Sie mir doch nicht solche Angst ein. Ich sammle hier nur Feuerholz. Wenn Sie es auf die Rinder abgesehen haben, die ich hüte, so nehmen Sie sie, und lassen Sie mich in Frieden.«

Der Riese ging, fing sich die schwerste und fetteste Kuh aus der Herde, band ihre vier Beine mit einem Seil aus Heidekraut zusammen, und dann rief er Lod zu: »Komm her, und heb sie mir auf den Rücken.«

»Ach«, sagte Lod, »ich habe Angst, dir zu nahe zu kommen.«

»Mach dir keine Sorgen. Ich tu dir nichts«, entgegnete der Riese. Also ging Lod zu dem Riesen hin und sagte: »Du solltest besser deinen Kopf unter den Bauch der Kuh stecken, und ich helfe dann von hinten, damit du sie auf den Rücken bekommst.«

Kaum hatte der Riese Lods Rat befolgt, da ging Lod von hinten mit seiner Keule auf ihn los. Er machte die Kuh los, schlug dem Riesen den Kopf ab und hängte ihn zwischen die grünen Blätter eines Baumes. Die Leiche des Riesen aber warf er in ein altes Torfloch.

Für den Rest des Tages blieb Lod mit seinen Tieren unbehelligt, und am Abend brachte er die Herde vollständig heim. Der König, der ihm auf dem Heimweg begegnete, war erstaunt und sprach: »Wie hast du es geschafft, alle Tiere sicher heimzubringen?«

»Ich hab's geschafft. Warum auch nicht?« sagte Lod. Er sagte dem König nicht, was geschehen war, und behielt sein Abenteuer für sich.

Am nächsten Tag stand er wieder zeitig auf und ging hinaus auf die Weide zu seinen Rindern. Kaum hatte er wieder

das Dickicht betreten, wo er Holz sammeln wollte, da kam abermals ein Riese daher, der sah noch stärker aus als der vom Vortag.
»Was machst du denn hier, du Dreikäsehoch?« bellte der Riese.
»Ich suche Feuerholz«, erwiderte Lod, »versuchen Sie nur nicht, mir einen Schreck einzujagen. Es gibt wenig, was mir einen Schreck einjagen könnte.«
»Hast du gestern zufällig einen Mann gesehen, der mir ähnlich sieht?« fragte der Riese und runzelte die Stirn, »meine Mutter hat nämlich ihren jüngsten Sohn verloren.«
»Ich habe nichts gesehen«, sagte Lod, »ich war gestern gar nicht hier. Wenn du es auf eine meiner Kühe abgesehen hast, so such dir nur die fetteste heraus, und mach dich mit ihr davon.«
Der Riese schlug die beste Kuh aus der Herde zu Boden, fesselte ihr die Beine mit einem Seil, und dann sagte er zu Lod: »Nun hilf mir, damit ich das Vieh auf den Rücken nehmen kann.«
»O nein«, sagte Lod, »da fürchte ich mich.«
»Ach was«, sagte der Riese, »ich tu dir nichts.« Und dann kam alles, wie es schon am ersten Tag gekommen war. Bald hing der Schädel des toten Riesen in den Zweigen, und seine Leiche lag in einer Torfgrube, wo niemand, der vorbeikam, sie entdeckt hätte.
Als Lod an diesem Abend nach Hause kam, vertrat ihm der König den Weg und war sehr erstaunt, als sein Hirte alle Rinder heil und gesund heimbrachte. »Gewiß«, sagte der König, »hast du heute in den Hügeln drüben etwas Aufregendes erlebt?«
»Was soll ich erlebt haben?« fragte Lod, »dort drüben ist nur Heide, Wald, Torf und Moos. Was soll man da schon groß erleben.«
»Nun«, sprach der König, »du bist ein guter und geschick-

ter Hirte. Nie zuvor ist es vorgekommen, daß einer stets die ganze Herde heimgebracht hat.«

Auch am dritten Tag erschien wieder ein Riese, und Lod übertölpelte ihn, und nun hingen schon drei Köpfe in den Zweigen, und drei Leichen lagen in der Torfgrube. »Es kann nicht sein«, sagte der König abends, »daß du mir heute nichts zu erzählen hast.«

»Nun«, sprach Lod, »der Torf raucht, auf dem Gebirge wachsen Eschen und wildes Senfkraut, ... falls du das noch nicht weißt.«

»Du bist wirklich der beste Hirte im Land und den Lohn wert, den ich dir zahle«, sagte der König.

Als Lod am nächsten Morgen aufstand, sprach er bei sich: »Ich bin ja gespannt, was mir heute oben in den Hügeln widerfährt. Einen Riesen, noch größer als einer von den drei anderen, kann es ja eigentlich nicht geben.«

Er trieb also sein Vieh auf die Weide und ging in das Dickicht, um Feuerholz zu suchen. Es dauerte nicht lange, da wehte ein starker Luftzug über die Berge. Es war dies aber nicht der Wind, sondern der Atem einer großen grauen Hexe, die plötzlich in der Luft über Lod auftauchte und ihre klauenartigen Finger nach ihm ausstreckte. »Hier steckst du also, du Schurke, du Bösewicht. Du hast meine drei Söhne getötet. Jetzt bin ich gekommen, um an dir Rache zu nehmen.«

Damit packte sie ihn, und wie zwei Ringer gingen sie beide kämpfend zu Boden. Über weiches und hartes Gelände rollten sie, verklebt von Torf und Blut bei ihrem Ringen. Und die alte Hexe war so stark, daß Lod mehr als einmal um sein Leben fürchtete. Aber dann kam der Augenblick, wo er sich gewaltig anstrengte, die Hexe hochhob, ihr Arme und Beine brach und sie flach auf den Boden warf.

»Nun, alte Hexe, was für ein Lösegeld gibst du mir, wenn ich deinen Qualen ein Ende mache?« fragte er. »Ich gebe dir etwas, was groß und nicht klein ist«, antwortete sie schwach. »Es ist eine Truhe voll Gold und eine Truhe voller Silber, die unter der Schwelle meiner Höhle dort drüben liegen.«

»Besten Dank«, sagte Lod, »und nun sollst du nicht länger leiden.« Darauf schlug er ihr den Kopf ab und hängte ihn neben die Schädel ihrer Söhne in die Zweige, ihren Leib aber warf er in die Torfgrube.

An diesem Abend hielt ihn der König an, als er zurückkam, und sagte: »Gewiß hast du heute draußen auf der Weide ein Abenteuer erlebt?«

»Die Formen der Hügel, der grüne Rasen und die Lerchen über den Feldern waren nicht anders als sonst auch«, antwortete Lod. »Nichts von Bedeutung weiß ich dir zu berichten.«

»Ach«, sagte der König, »du bist ein großartiger Bursche, wenn ich dich nur schon eher zum Hirten bestellt hätte, viel Ärger wäre mir erspart geblieben.«

Am anderen Tag brauchte sich Lod zum ersten Mal, seitdem er im Dienste des Königs stand, mit niemandem herumzuschlagen, und als er heimkam, war er sehr erstaunt, daß der König ihm heute nicht entgegenkam und ihn nicht befragte, ob er auf dem Feld ein Abenteuer erlebt habe.

Aber als er das Schloß erreichte, fand er alle Leute weinend vor, und sie klagten über das schreckliche Schicksal der Königstochter. Lod hörte, daß während des Tages ein großer Riese mit drei Köpfen zum Schloß gekommen war (man muß dabei bedenken, daß es damals noch von Riesen nur so wimmelte). Er hatte gedroht, einen jeden im Land zu töten, wenn man ihm nicht die Prinzessin ausliefere. Er war dann wieder gegangen, hatte aber geschworen, er werde seine Drohung bestimmt wahrmachen, wenn man die Prinzessin nicht bis zum Abend in seine Höhle bringe.

Nach langem Überlegen hatte der König sich entschlossen, seine Tochter zu dem Riesen zu schicken. Er hielt dies für seine Pflicht, um sein Volk zu retten. Die Vorbereitungen waren schon in vollem Gange. Ganz zuletzt aber hatte der schielende und rothaarige Koch des Königs den Einfall, aus der ganzen Sache noch gutes Kapital zu schlagen, und er versprach, die Prinzessin zur Höhle des Riesen zu begleiten.

»Ich werde den Riesen töten«, sprach er zum König, »wenn Ihr mir später die Prinzessin zur Frau gebt.«

Der König war nicht sehr erbaut darüber, einen schielenden und rothaarigen Koch zum Schwiegersohn zu bekommen, aber was sollte er machen? Er hatte eingewilligt. Und kurz bevor Lod aus den Bergen heimkam, war der Koch mit der Prinzessin aufgebrochen. Nun war Lod seit dem Augenblick, da er sie einmal durch das Fenster des Schlosses kurz gesehen hatte, in die Prinzessin verliebt. Als er nun hörte, in welcher Gefahr sie schwebte, machte er sich auch sogleich auf den Weg zu der Höhle. Unter dem Arm trug er seine schwere Keule.

Als er die Höhle erreichte, sah er die Prinzessin zitternd dort stehen, während der schielende, rothaarige Koch, der ein großer Feigling war, sich hinter einem Stein versteckt hatte. »Oh!« rief die Prinzessin, als sie Lod sah, »warum bist du nur hergekommen? Ist es nicht genug, wenn der Riese mich nimmt? Willst auch du noch von ihm getötet werden?« »Was das angeht«, sagte Lod, »so ist er auch nicht allmächtig, und ich habe einige Erfahrung im Umgang mit solchen Burschen.«

In diesem Augenblick erhob sich drinnen in der Höhle ein furchtbares Gebrüll, und der Riese selbst trat heraus: ein gewaltiger Mann, mit Fellen bekleidet und mit drei Köpfen auf seinem dicken Nacken.

Als er ins Freie trat, war er zunächst von der Helligkeit etwas geblendet, und sofort sprang Lod auf ihn zu und hieb ihm die drei Köpfe ab. Das war das Ende des Riesen. Die Gewalt, mit der Lod zugeschlagen hatte, war so groß, daß er selbst hinstürzte und sich am Arm verletzte, und die Prinzessin verband ihn mit einem Streifen Tuch, den sie von ihrem Kleid abriß. Sie war außer sich vor Freude über ihre Rettung und schlug Lod vor, sofort mit ihr zum Schloß zu eilen, wo sie seine Frau werden wollte. Aber Lod war nach dem Tag auf dem Feld und dem Kampf mit dem Riesen ziemlich müde. Also sagte er der Prinzessin, er werde erst ein kurzes Schläfchen tun, legte sich ins Gras und schloß die Augen.

Die ganze Zeit hatte der schielende, rothaarige Koch in seinem Versteck gesessen. Kaum aber war Lod eingeschlafen, da nahm er die drei Köpfe des Riesen und faßte die Prinzessin beim Handgelenk. Vergebens versuchte sie, sich zu befreien und Lod zu Hilfe zu rufen. Lod schlief tief. Ob sie wollte oder nicht, sie mußte dem Koch zum Schloß folgen. Dort legte er die drei Köpfe dem König vor die Füße, behauptete, er habe die Prinzessin gerettet, und verlangte, der König möge nun sein Versprechen erfüllen. Was blieb dem König anderes übrig? Der Hochzeitstag wurde festgesetzt.

Es war ein großes Hochzeitsfest, und als alle Gäste versammelt waren, schaute der König in die Runde, um zu sehen, ob auch nichts fehle. Plötzlich runzelte er die Stirn.

»Ein Mensch fehlt!« rief er, »wo ist mein Rinderhirt?«

»Hier bin ich«, kam eine Stimme von der Türschwelle, und dort stand Lod, schaute den Schurken von Koch böse an und kam langsam auf ihn zu.

Der Koch wurde bleich vor Furcht, wie er da auf dem Stuhl des Bräutigams saß.

»Oh, lieber Vater, es war dieser Mann dort, der mich vor dem Riesen errettet hat und nicht der Koch«, sagte die Prinzessin. »Ich wußte, daß er kommen würde, um mich zu heiraten.«

»Was für einen Beweis gibt es für diese Behauptung?« sagte der König.

Da stand die Prinzessin von ihrem Platz auf und trat auf Lod zu, um dessen Arm immer noch der Fetzen Stoff gewickelt war, den sie von ihrem Kleid abgerissen hatte. »Diese Wunde empfing er, als er dem Riesen die Köpfe abschlug, und ich habe sie verbunden«, rief sie, und dann ließ sie das Kleid hereinbringen, das sie an jenem Tag getragen hatte, und tatsächlich, da fehlte das Stück Stoff.

Da erkannte der König, daß sie die Wahrheit sagte, und nachdem der Koch davongejagt worden war, machten Lod, der Bauernsohn, und des Königs Tochter Hochzeit.

Nachdem die Feiern vorbei waren, nahm Lod seine Frau und den König zu der Stelle mit, an der er die Rinder gehütet hatte, und zeigte ihnen die Schädel der drei Riesen und der alten Hexe in den Zweigen des Baumes. Und es dauerte lange, bis der König alle Abenteuer angehört hatte, die Lod bestanden hatte, seit er in den Dienst des Königs getreten war.

Sie holten dann noch die Truhe mit Gold und die Truhe mit Silber, die unter der Schwelle der Höhle vergraben lagen, und lebten in Saus und Braus für den Rest ihrer Tage, und wenn sie nicht gestorben sind, so leben sie heute noch.

Der König, der seine Tochter heiraten wollte

Es war einmal ein König. Er heiratete und hatte eine einzige Tochter. Als seine Frau starb, wollte er keine andere heiraten, es sei denn, es paßten ihr die Kleider der Königin. Eines Tages kam nun die Tochter, legte die Kleider der Mutter an und kam dann, um dem Vater zu zeigen, wie gut sie ihr paßten. Sie standen ihr tatsächlich ausgezeichnet. Als dies der Vater sah, sprach er, er wolle keine andere Frau heiraten, nur sie. Das Mädchen lief weinend zu ihrer Amme, und ihre Ziehmutter sprach zu ihr: »Was ist denn mit dir?«

»Mein Vater will mich heiraten«, antwortete das Mädchen. Da riet ihr die Amme, sie solle ihm sagen, sie werde ihn erst dann heiraten, wenn er ihr ein Kleid aus Schwanenfedern schenke.

Er zog aus, und nach Jahr und Tag kam er und brachte tatsächlich ein solches Gewand. Das Mädchen lief wieder zur Amme und klagte ihr ihr Leid, und die Frau sprach. »Sag ihm, du würdest ihn erst heiraten, wenn er für dich ein Kleid aus Ginster aus dem Moor besorgt hat.«

Er zog abermals aus, und nach Jahr und Tag brachte er ihr auch ein solches Kleid.

»Nun sag ihm«, sprach die Ziehmutter, »er müsse dir ein Seidenkleid bringen mit Fäden von Gold und Silber.«

Nach Jahr und Tag kam er auch mit diesem Kleid. »Jetzt verlange von ihm ein Paar Schuhe, der eine Schuh golden und der andere silbern«, riet ihr die Amme.

Der König brachte wiederum das Gewünschte.

»Nun heiße ihn, eine Kiste zu bringen, die man von außen

und innen abschließen kann und bei der es auch gleich ist, ob sie auf See treibt oder auf dem Land steht.«

Als der König auch diese Kiste herbeigeschafft hatte, stieg das Mädchen in die Kiste, sie nahm die besten Kleider ihrer Mutter mit und hieß ihren Vater, sie ins Meer zu werfen, damit sie sehe, ob die Kiste wirklich auch schwimme. Der Vater tat, wie ihm geheißen. Da kam eine Welle, und die Kiste wurde so weit fortgetrieben, bis der König sie nicht mehr sehen konnte.

Auf der anderen Seite des Meeres trieb sie an den Strand. Ein Hirte kam vorbei. Er machte sich an der Kiste zu schaffen und wollte sie aufbrechen, um zu schauen, was darin sei. Da rief das Mädchen in der Kiste: »Tu das nicht. Sag deinem Vater, er soll herkommen. Er wird etwas finden, was sein Leben verändert.« Der Mann kam und nahm das Mädchen mit in sein eigenes Haus. Er war Hirte beim König, und des Königs Haus war nahebei.

»Könnte ich nicht versuchen in dem großen Haus dort drüben Magd zu werden?« fragte die Königstochter.

»Sie brauchen keine«, sagte der Hirte, »höchstens jemand, der dem Koch hilft.«

Nun, das war ihr auch recht. Der Hirte sprach für sie, und sie wurde Küchenmagd. Einmal, als alle zur Kirche gehen wollten, fragten sie die Leute im Haushalt des Königs, ob sie auch mitkomme. Nein, sagte sie, sie habe noch ein kleines Brot zu backen. Deshalb bleibe sie daheim.

Als die anderen fort waren, lief sie zum Haus des Hirten hinüber, wo immer noch die Kiste stand. Sie holte das Kleid aus Schwanenfedern heraus. Sie zog es an. Dann ging sie in die Kirche und setzte sich dem Königssohn genau gegenüber. Der Prinz verliebte sich sofort in sie. Sie verließ die Kirche allerdings wieder, kurz bevor der Gottesdienst zu Ende war; sie lief zum Haus des Hirten, wechselte die Kleider und kehrte dann in die Küche des Königspalastes zurück.

Als die anderen heimkamen, redeten sie von nichts anderem als von der schönen Frau, die in einem Kleid aus Schwanenfedern erschienen war. Niemand kannte sie.
Am nächsten Sonntag kam alles wieder genau so. Als die anderen zur Kirche aufbrachen, sagte sie, sie müsse noch Brot backen. Diesmal legte sie im Haus des Hirten das Kleid aus Ginster an, und wie am Sonntag zuvor setzte sie sich in der Kirche so, daß der Prinz gar nicht anders konnte, als sie während des ganzen Gottesdienstes anzuschauen. Wieder verließ sie die Kirche vor den anderen, und wieder war, als die Leute heimkamen, unter ihnen von nichts anderem die Rede als von der Frau in dem Kleid aus Heideginster.
Dann kam der dritte Sonntag. Wieder blieb sie daheim, und als die anderen fort waren, lief sie geschwind zum Haus des Schäfers nebenan. Diesmal legte sie das lange Kleid mit den Gold- und Silberfäden an und dazu das Paar Schuhe, bei dem der eine Schuh aus Gold, der andere aus Silber war. An jenem Tag hatte der Königssohn Wachen aufstellen lassen, und als sie diese beim Hinausgehen bemerkte, wurde sie aufgeregt und blieb mit einem ihrer beiden Schuhe in einer Ritze im Pflaster stecken.
Der Königssohn sagte: »Die Frau, die den anderen Schuh des Paares anhat, werde ich heiraten.«
Viele Mädchen und Frauen probierten den Schuh, der in der Ritze steckengeblieben war, an. Bei keiner paßte er. Sie hackten sich die Zehenspitzen und die Fersen ab, aber das half auch nichts. Auf der Spitze eines Baumes saß ein kleiner Vogel, der sang immer, wenn wieder einmal eine zur Anprobe kam:

>»Hier die: Das ist nicht sie!
>Schaut nur in die Küch' hinein,
>dort wird sie am Schaffen sein.«

Als schon ein paar hundert Mädchen gekommen waren und keiner der Schuh gepaßt hatte, wurde der Königssohn krank vor Verzweiflung. Da ließ sich seine Mutter endlich einmal in der Küche sehen und sprach zum Koch: »Laß deine Küchenhilfe einmal mitgehen zur Probe. Schaden kann es ja nichts!«

»Was Ihr nicht sagt«, meinte der Koch, »diese schmutzige, häßliche Küchenmagd. Ausgerechnet der soll der Schuh passen?«

Nun also, sie ging mit, und kaum war der Schuh vor sie hingestellt worden, da sprang er an ihren Fuß und saß dort wie angegossen. Darauf sagte sie: »Was gebt Ihr mir, wenn ich Euch auch den zweiten Schuh zeige?« Sie ging zum Haus des Schäfers, legte ein schönes Kleid an und die Schuhe. Und kaum hatte sie den Saal im Schloß betreten, da rief der Königssohn schon nach dem Pfarrer, damit der ihn mit dem schönen Mädchen traue.

Der König von England

Vor langer Zeit lebten am Abhang des Gebirges ein alter Mann und eine alte Frau, und sie hatten zwei Söhne, die Jack und William gerufen wurden. Eines Tages nun sagte William zu seinem Bruder Jack: »Jack«, spricht er, »hier wächst zu wenig für uns alle. Ich geh fort und will mir ein Vermögen verdienen, um den Vater und die alte Mutter zu ernähren.«
Darauf sagt Jack: »Ach, Bruder, tu das doch nicht. Letztlich haben wir doch genug, damit aus uns Jungen Männer werden.«
»Du hast schon recht«, spricht der andere, »aber ich sehe nie etwas von der Welt, wenn ich immer hier am Fuße des Gebirges bleibe.«
Also schickte sich William an aufzubrechen. Er sagte zu seiner Mutter: »Back mir bitte ein flaches Brot, und brat mir ein Stück Fleisch. Ich geh mein Glück suchen.«
Seine Mutter spricht: »O William, du wirst uns doch nicht verlassen. Wir haben immer hier gelebt, seit du geboren wurdest. Warum willst du denn plötzlich fort?«
»Nun«, spricht er, »ich habe es mir nun mal in den Kopf gesetzt, nach meinem Glück zu suchen, mag es nun recht oder unrecht sein, ich gehe. Also back mir ein flaches Brot, und brat mir ein Stück Fleisch.«
Das tut die Mutter, er bricht auf, und ehe er geht, sagt er noch zu seinem Bruder: »Jack«, sagt er, »wenn du siehst, daß dieser Gegenstand* hier seine Farbe ändert, dann bin

---

* Welcher Art der Gegenstand ist, wird vom Erzähler nicht gesagt. Wir haben dies aus Gründen der Authentizität beibehalten.

ich in Gefahr, wenn nicht, mußt du dir keine Sorgen um mich machen, dann geht es mir gut.«
»Schon recht«, sagt Jack, »ich werde Tag und Nacht ein Auge darauf haben«, und so hält er es auch.
William aber brach auf, lief über Hecken, Gräben, Tore und Durchlässe zwischen den Weiden – für die Vögel gab es immer eine Erholungspause, aber nicht für Jack. Eines Nachts wollte er sich unter einen Obstbaum legen. Da sagte er zu sich selbst: »Meine Güte! Wenn ich hier liege, werden mich wilde Tiere fressen oder die Schlangen mich beißen. Am besten, ich gehe weiter und bleibe auf den Füßen.« Und also lief er in der Dunkelheit weiter. Da stolperte er und fiel in eine tiefe Schlucht. Als er dort hinabstürzte, dachte er im Fallen: »Es kommt mir doch so vor, als sähe ich ein Licht.« Und als er unten angekommen war und wieder aufstand, erinnerte er sich daran, und siehe da, da gab es einen kleinen Pfad, und er sagte sich: »Der führt bestimmt dahin, wo ich im Fallen das Licht gesehen habe.« Also nimmt er diesen Weg, und als er an einen Felsvorsprung kommt, sitzt da ein alter Mann.
»Nun«, spricht er zu sich selbst, »ich frage mich, kann ich hier weitergehen? Wird der Alte mir etwas tun? Pah, ich suche nach meinem Glück, und wer sich dazu aufmacht, der muß bereit sein, dem Stärksten und Schwächsten ins Auge zu sehen.«
Also faßte er sich ein Herz und ging auf den Alten zu.
»Guten Abend, alter Mann.«
»Guten Abend, mein Sohn.«
Da merkt er, daß der alte Mann ihm nichts Böses will.
»Komm setz dich zu mir«, sagte der Alte.
Als er näher herankam, sah er, daß der alte Mann dabei war, ein Stück Schafsfleisch zu braten.
»Nun, mein Sohn«, spricht er, »du wirst hungrig sein.«
»Um die Wahrheit zu sagen«, erwidert er, »ich bin nicht gerade schrecklich satt.«

Also nimmt der Alte ein Schaf, teilt es in zwei Hälften und spricht: »Dieser Teil da ist für mich und jener ist für dich.«
Sie blieben die ganze Nacht zusammen. Der Alte ist ein recht düster dreinblickender Mensch, denkt William und konnte nicht umhin, ihm dann und wann prüfend ins Gesicht zu schauen. »Wer weiß«, überlegte er später, »ob von dem Burschen viel Gutes zu erwarten ist. Dafür würde ich meine Hand nicht ins Feuer legen. Ich glaube, ich gehe bald wieder.«
Sobald der alte Mann eingeschlafen ist, bricht William auf. Er steigt hinauf ins Gebirge und zu den Glens, so weit, wie ihr es euch gar nicht vorstellen könnt und ich es euch nicht beschreiben kann, es geht über Stock und Stein, bis das Morgenlicht kommt. Da ist er ungefähr fünfundzwanzig Meilen von der Hofstatt des Alten entfernt, und er spricht zu sich selbst: »Ich bin hungrig und schwach. Ich glaube, ich gehe jetzt nicht weiter. Was ich letzte Nacht zu essen bekam, war auch nicht gerade üppig, angesichts der großen Anstrengung.«
Er beschloß also, sich hinzulegen und sich auszuruhen. Und das tat er auch, und als er aufwachte und sich umsah, sieht er in einiger Entfernung ein Haus.
»Na schön«, sagt er, »das ist ein Haus. Gute Leute, schlechte Leute. Ich muß hin, damit ich einen Bissen zu essen bekomme.«
Also macht er sich auf den Weg, und als er dort ankommt und an die Tür klopft, kommt eine sehr alte Frau heraus.
»Nun«, spricht sie, »mein guter Mann. Was kann ich für dich tun?«
»Ich brauche etwas zu essen, Mutter«, sagt er, »ich sterbe fast vor Hunger.«
»Komm herein, Sohn«, sagt sie, »ich habe nicht viel im Haus. Ich glaube auch nicht, daß das, was da ist, dir schmecken wird. Wir haben nur das, was man ›Vogelfüße‹ nennt.«

»Na, also«, sagt er, »Vogelfüße sind nicht gerade meine Leibspeise.«

Er bekam aber dieses Gericht dennoch vorgesetzt, und als er beim Essen saß, kommen da zwei schöne Mädchen herein, so schön, wie er nie zuvor welche gesehen hat. Es war überhaupt das erste Mal, daß er Mädchen sah, und deswegen wußte er nicht, waren das nun Männer oder waren es Frauen. »Hör mal, Alte«, sagt er, »was für Leute sind das, sind das Männer oder Frauen?«

»Es sind Frauen. Es sind meine beiden Töchter.«

»Na so was«, stößt er hervor, »es sind wirklich sehr hübsche Wesen.«

»Ja, und wirst du nun bei uns bleiben?« fragte die eine.

»Nein«, sagt er, »ich bin ausgezogen, um mein Glück zu suchen. Und wie ich an diesem kleinen Haus sehe, müßte euch etwas Glück auch ganz gelegen kommen. Wenn ich also mein Glück gefunden habe, will ich es gern mit euch teilen. Wo arbeitest du denn?«

»Ich arbeite«, sagt sie, »im Schloß des Königs.«

»Ah«, sagt er, »es gibt hier also ein Königsschloß.«

»Ja«, sagt sie, »ein Königsschloß gibt es, und der König ist ein brutaler Bursche, das ist er wirklich. Was auch immer kreucht und fleucht, er tötet oder enthauptet es, ohne lange zu fackeln.«

»Nun«, sagt William, »das ist die Gelegenheit, auf die ich gewartet habe. Dem trage ich meine Dienste an.«

Also ging er auf das Schloß und sah, daß es ein recht stattlicher Bau war. »Da würde das Haus meiner Mutter glatt zwanzigmal reinpassen«, spricht er bei sich.

Er geht zum Tor, klopft, und heraus kommt der Butler.

»Nun«, sagt der Butler, »was willst du?«

William sagt: »Ich möchte den König sprechen. Ich will für ihn arbeiten. Ich bin ledig. Ich will hören, ob er Arbeit für mich hat.«

»Nun«, erwidert der Butler, »ob der König eine Arbeit für

dich hat oder nicht, ist gleich schlimm für dich. An deiner Stelle würde ich gar nicht erst fragen.«
»O doch«, sagt William. »So rasch gebe ich nicht auf. Ich will den König sehen, ob es nun gut oder schlecht ausgeht.«
Also kommt der König, um ihn sich anzuschauen.
»Doch«, sagt er, »William, für dich habe ich Arbeit! Laß mich mal in mein großes Buch sehen, was es so alles zu tun gibt.«
Das tut er und spricht dann: »Ja, du hast Glück. Es gibt Arbeit für dich in den neun Ställen, da hat noch nie ein Mensch einen Schnaufer getan, und noch keiner, der von einer Mutter geboren wurde, hat dort länger als fünf Minuten überlebt.«
»Nun«, sagt William, »das hört sich seltsam an. Und was soll da drinnen sein?«
»Es sind Pferde, nie haben sie während der letzten fünfzig Jahre einen Menschen an sich herangelassen. Also sind sie auch nicht mehr so jung.«
Dennoch nahm William die Arbeit an. Man führte ihn zu den neun Ställen. Und dort stellte er zunächst einmal fest, daß man überhaupt nicht hineinkonnte. Vor den Türen lagen riesige Haufen von Dung und Abfällen. »Hinein muß ich«, sagte William. »Ich muß mir die Tiere schließlich einmal betrachten.« Er kletterte auf das Dach, und da war eine Art Oberlicht, durch das ließ er sich hinunter und fiel auf den Heuhaufen.
Die Pferde witterten ihn und steckten ihre Köpfe aus den Boxen. Er fütterte die Tiere, und sie beschnüffelten ihn von Kopf bis Fuß.
»Mag sein«, sagte er, »daß es gefährliche Tiere sind, aber noch merke ich nichts davon.« Also räumte er erst den Mist soweit fort, daß man die Tür öffnen konnte.
Er brauchte drei Wochen, bis im Stall alles gesäubert war. Aber das machte ihm nichts aus. Und als er damit fertig

war, machte er sich daran, die Geschirre der Tiere zu putzen und die Pferde zu striegeln, so gut er das eben konnte.

»Also wirklich«, sagte er, »die Tiere sind völlig harmlos. Ich weiß auch nicht, wie der König darauf kommt, sie könnten so gefährlich sein. Ich könnte mein ganzes Leben bei ihnen verbringen.«

Nun, eines Tages saß er wieder da im Stall auf einem Stein und putzte Geschirre, als zufällig des Königs Tochter vorbeikam. Nun, sie wirft einen Blick auf den Mann. Sie sagt bei sich: »Der könnte mir gefallen!« Dann geht sie ganz krank vor Liebe heim und legt sich ins Bett. Ihr Vater fragt sie, was sie denn habe, aber sie liegt nur stumm da.

Nun, er ließ alle Ärzte kommen, an die er gelangen konnte, Professoren auch, weil er unbedingt herausfinden wollte, was seiner Tochter fehle. Endlich kam ein alter schottischer Arzt, der sprach: »König«, sagt er, »laßt mich mit dem Mädchen allein. Ich muß sie Dinge fragen, die weder für Eure Ohren noch für die irgendeines anderen Mannes bestimmt sind.«

»Gut«, sagt der König, »wenn Ihr es verlangt. Los, los, alle aus dem Zimmer!«

»Nun«, sagt der Arzt, »jetzt hör mir mal zu, Mädchen. Du bist verliebt, nicht wahr?«

»Ja«, sagt sie, »ich bin verliebt.«

»Und in wen, in aller Welt, bist du verliebt?«

»Tja«, sagt sie, »das ist es ja eben. Es ist der Kutscher aus den neun Ställen.«

»Und wie lange geht das nun schon?« fragt der Doktor, »ist er nicht erst seit sechs Monaten da?«

»Nun, das spielt keine Rolle. Geschehen ist es erst vor sechs Tagen. Aber ich liebe ihn, und wenn ich ihn nicht kriege, sterbe ich.«

Also geht er zum König und erzählt ihm, was er herausgefunden hat, und der sagt: »In wen ist sie verliebt?... In

den Kutscher von den neun Ställen? Ja, lebt denn der überhaupt noch?«
»Ja, Vater«, sagt das Mädchen, »er ist so lebendig wie du und ich.«
»Hör mal«, sagt der König, »wenn er mit diesen Pferden fertig geworden ist... ich weiß nicht, ob das die Sorte von Mann ist, die ich dir wünschen soll. Er ist vielleicht kein Sterblicher, sonst hätte er dort wohl kaum so lange überlebt.«
»Das ist mir gleich«, sagt sie, »diesen Mann will ich haben, und wenn ich ihn nicht bekomme, werde ich sterben. Es wird mir das Herz brechen.«
»Gut, dann will ich ihn fragen.«
Also geht er zu den Ställen, und William saß da und putzte wie gewöhnlich Geschirre.
»Du bist beschäftigt, William«, sagt der König.
»In der Tat, das bin ich, mein edler König«, sagt William und verbeugt sich.
»Ich bin hergekommen, um dich etwas zu fragen. Sei nicht beleidigt, wenn du gehört hast, um was es geht. Aber ich muß auch sagen, wenn ich kein Mann, sondern eine Frau wäre, würde ich dich ebenfalls gern heiraten.«
William sieht ihn an: »Großer Gott!« spricht er, »was ist denn jetzt schiefgegangen?«
»Meine Tochter stirbt fast aus Liebe zu dir.«
»... zu mir? Wie denn das? Ich habe sie doch nie gesehen.«
»Wahrscheinlich hat sie dich gesehen.«
»Also gut«, sagt William, »wenn ich das Leben deiner Tochter retten kann...!«
Er wusch sich und brachte seine Kleidung in Ordnung, und dann ging er zum großen Haus und klopfte dort an die Tür der Halle.
Heraus kommt wieder der Butler: »Nun, Mann, was willst du?«

»Wie gewöhnlich möchte ich den König sprechen.«
»In Ordnung«, sagt er, »ich hole ihn.«
»Komm rein, William«, sagt der König, »und schau dir meine Tochter an.«
Er führte William bis unter das Dach. Und als sie dort ein Zimmer betraten, lag da im Bett das schönste Mädchen, das William je zu Gesicht bekommen hatte.
»Also«, sagt William zu ihr, »sie behaupten alle, du stürbest aus lauter Liebe zu mir. Ich habe dich doch nie zuvor gesehen.«
»Das stimmt schon, William«, sagt sie, »aber ich habe deinen Namen in Erfahrung gebracht. Und darauf wurde ich so krank, daß ich mich ins Bett legen mußte.«
»Was kann ich für dich tun?«
»Wenn ich dich morgen nicht zum Mann bekomme, muß ich sterben.«
»Also, wenn es so steht, heirate ich dich, aber nur um dir das Leben zu retten.«
»Sehr schön.«
Die Vorbereitungen für die Hochzeit wurden getroffen. Gefeiert wurde einen Monat lang Tag und Nacht. Und am Ende tanzte das Brautpaar mit allen Verwandten und Pächtern hinaus auf das offene Feld. Und William tanzte mit allem und jedem, und zuletzt tanzte er mit der jungen Frau aus dem alten Haus, wo er die Vogelfüße vorgesetzt bekommen hatte. Sie aber stach ihn mit dem, was die Leute eine Schlafnadel nennen, ins Ohr, da fiel er um und war tot.
Das gab eine Aufregung: Noch nie hat man ein solches Geschrei gehört. Aber etwas Schlimmeres konnte ja auch kaum passieren: Erst ein paar Tage verheiratet, und schon ist der Schwiegersohn tot!
»Na schön«, sagt die Prinzessin, »er mag tot sein, aber begraben lasse ich ihn nicht. Man soll ihn in einen Bleisarg mit einem Deckel aus Glas legen, damit ich ihn Tag und Nacht betrachten kann.«

Nun, hier verlassen wir William und die Prinzessin, und stracks geh' ich zu seinem Bruder Jack. Denn da geht der Spaß weiter.
Als Jack am Morgen aufstand und sich den Gegenstand betrachtete, den ihm sein Bruder gegeben hatte, sah er, daß dieser rot geworden war.
»Mutter! Mutter!« rief er aufgeregt, »mein Bruder ist in Gefahr. Back mir ein Brot, und brat mir ein Stück Fleisch. Dann werde ich auch aufbrechen, um mein Glück zu suchen.«
»Dummkopf«, spricht sie, »was hast du im Sinn ... Nach deinem Glück suchen! Deinem Bruder nachlaufen, der der bessere und stärkere Mann von euch beiden war.«
»Was kümmert es mich, ob er schlauer oder stärker gewesen ist. Ich muß ihm nach. So back mir ein Brot, und brat mir ein Stück Fleisch!«
Und als nun das geschehen war, nahm er von seiner Mutter Abschied. Und er sagte: »Vater, Mutter, gehabt euch wohl. Wenn ich je heimkomme, sehen wir uns wieder, und wenn ich nicht heimkomme, dann hat es nicht sollen sein.«
Und darauf ging er seinem Bruder nach. Tag und Nacht wanderte er, immer in derselben Richtung und auf derselben Straße, auf der auch sein Bruder gewandert war, und fast dieselben Worte kamen über seine Lippen: »Wenn ich mich hier hinlege, um zu schlafen, fressen mich die wilden Tiere. Also ist es wohl das beste, wenn ich weitergehe.«
Er setzte also den Weg fort, und es traf ihn dasselbe Mißgeschick wie William. Er stürzte in die Schlucht, im Fallen sah er das Licht, und als er unten unverletzt landete, machte er sich wieder auf den steilen Weg nach oben, bis auch er den alten Mann traf. Der hieß ihn bleiben und versprach, aus ihm den besten Schwertkämpfer in ganz Schottland und England zu machen. Und darauf ließ Jack sich ein, denn das Schwert gut führen zu können, das ist einiges wert, wenn man sich aufgemacht hat, um sein

Glück zu suchen. Eines Abends aber sagte er sich: »Gut und schön, gelernt habe ich hier etwas, aber meinen Bruder habe ich nicht gefunden. Ich will mich davonschleichen.« Und als sein Lehrmeister schlief und schnarchte, nahm er Waffen und eine Rüstung mit und ging weg. Er lief die ganze Nacht wieder in derselben Richtung, die auch sein Bruder gegangen war, und folglich kam er auch wie dieser an das kleine Haus mit der alten Frau und klopfte an. Die beiden Mädchen und die Mutter saßen beim Essen, und als das eine Mädchen an die Tür kommt und öffnet, ruft sie: »Mörder! Ein Geist!« Als das der Vater, die Mutter und das andere Mädchen hören, springen sie rasch zur Tür und stehen wie entgeistert da.

»Wo ist mein Bruder?« ruft Jack. »Ich weiß, William und ich, wir sehen uns sehr ähnlich. Wo steckt er? Wenn ihr es mir nicht sagt, plündere ich euer Haus aus.« Sie schweigen. Er geht durch das Haus, nimmt sich etwas zu essen. Er sieht in einem Wandschrank eine Geldbörse mit sieben Goldstücken. »Die nehme ich besser mit«, spricht er, steckt sie in die Tasche, tritt wieder vor die Tür und schaut in Richtung des Schlosses.

»He!« ruft er. »Was ist denn das? Wer in aller Welt wohnt dort?«

Darauf läuft er zum Schloß, klopft, und es öffnet der Butler. »Ah, Mörder! Ein Geist!« ruft auch der, wird bewußtlos, rafft sich aber wieder auf und läuft, um es den anderen Dienern zu erzählen. »Je nun«, sagt er, »William steht vor der Tür. Oder genauer: sein Geist.«

»Unsinn«, sagt die alte Köchin, »ich habe William in dieser Welt nie etwas zuleide getan, also habe ich auch nichts von ihm zu befürchten.« Sie stopft sich ein paar Bibeln in ihre Schürze, geht zur Tür und spricht: »Nun, William, was willst du? Warum bist du wieder in diese Welt zurückgekehrt? Ich dachte immer, wenn ein Mensch tot ist, dann ist er tot.«

»Gute Frau«, sagt der Mann, den sie für einen Geist hält,

»Ihr macht einen großen Fehler. Ich bin nicht William. Ich bin Jack.«
»Jack«, sagt sie, »du bist ein Geisterwesen. Glaubst du, ich wüßte nicht, wer ein Geist ist und wer nicht! Ich werde doch wohl noch unseren neuen König erkennen. Mach mir nichts vor.«
»Na dann, faß mich an«, sagt er, »ich bin sterblich.« Sie berührte ihn und fühlte, daß das ein Sterblicher war.
»Wie geht es denn diesem William, von dem Ihr gesprochen habt? Was für ein Mensch ist das?«
»Er ist unser König«, erwidert sie.
»Euer König?«
»Ja doch.«
»Nun«, spricht Jack, »ich gäbe was drum, wenn ich euren König mal sehen könnte.«
»Das ist keinem gestattet«, sagt die Köchin, »er liegt im obersten Zimmer des Schlosses in einem Sarg.«
»Guter Gott«, ruft Jack, »das nenne ich einen merkwürdigen Friedhof. Ich habe sieben Goldstücke hier. Ich will sie unter euch verteilen, wenn ihr mich dort hinauf mitnehmt und ich einen Blick auf die Leiche werfen kann, um zu sehen, ob es der Mann ist, den ich suche, oder nicht.«
Sieben Goldstücke waren in jenen Tagen soviel wie hundert Pfund heute. Sie sagte: »Ich muß erst den Butler fragen.«
Das tut sie, und der Butler meinte: »Sieben Goldstücke sind 'ne Menge Kies, wo wir doch als Lohn im Jahr nur ein Goldstück bekommen. Ich bringe ihn hinauf, aber er muß die Schuhe ausziehen.«
Also zieht Jack die Schuhe aus, und der Butler führt ihn in das Zimmer unter dem Dach. Als sie an die Tür kommen, spricht er zu Jack: »Und vergiß nicht: nicht reden, den Atem anhalten!«
Jack schaute ins Zimmer, und siehe da – da lag sein Bruder in einem Bleisarg mit gläsernem Deckel.

Jack faßte den Butler bei der Brust und stieß ihn die Treppe hinunter. »Aus dem Weg alle!« rief er, »das ist der Mann, nach dem ich so lange gesucht habe.«
Er trat an den Sarg, öffnete den Deckel und nahm seinen Bruder in die Arme.
»Großer Gott«, sagt er, »William. Was ist denn mit dir geschehen. Erst mal wieder hinlegen, und dann sehe ich dich einmal ganz genau an.«
Er untersucht den Körper von den Haarwurzeln bis zur kleinen Zehe, und dabei sieht er den Dorn, der hinten in seinem Ohr steckt.
Er sagt: »Was ist das? In zwanzig Jahren habe ich so etwas noch nicht gesehen.«
Er zieht also den Dorn heraus, da reibt sich William die Augen und steht auf, als sei gar nichts geschehen.
Er schaut Jack an und sagt: »Du bist auch der letzte, den ich erwartet hätte, hier zu treffen.«
»Ich glaube, du wirst mir eine Menge zu erzählen haben.«
»Ja, ... erst einmal ... ich bin verheiratet.«
»Wirklich? Da hast du aber Glück gehabt, denn ich bin es nicht. Und mit wem bist du verheiratet?«
»Mit des Königs Tochter.«
»Da hast du noch mehr Glück gehabt, denn dann wirst du der nächste König.«
»Das hoffe ich doch schwer.«
»Ich habe aus deinem Ohr einen Dorn gezogen. Ein höchst gefährliches Ding ist das. Mit welcher Frau hast du zuletzt getanzt? Ich bin sicher, sie hat das getan.«
»Das weiß ich nicht mehr genau«, erwiderte William, »aber ich glaube, es war eine Dienerin, die Frau aus jenem Haus, an dem du auch vorbeigekommen bist.«
Nun kam die Prinzessin, sah die beiden Männer, und statt William um den Hals zu fallen, umarmte sie Jack und küßte ihn. »Ach, mein Liebster, was bin ich froh, daß du wieder lebendig bist.«

»Aber«, sagt Jack, »Ihr macht einen schweren Fehler. Das dort ist Euer Ehemann. Ich bin nur der Bruder.«
»Ach, es kommt schon gar nicht mehr darauf an, wen ich küsse«, sagt sie. »Ihr beiden seht euch nicht nur ähnlich, ihr seid gleich.«
»Ja«, erwidert Jack höflich, »wenn Ihr das so seht.«
»Nun, Jack«, sagt sie, »ich hoffe, du hast nicht die Absicht, gleich wieder heimzugehen.«
»Einen Monat bleibe ich, um zu schauen, daß auch alles seine Ordnung hat.«
»Sehr schön.«
Als nächstes kommt der alte König. Er redet erst den einen, dann den anderen mit »Schwiegersohn« an, und als sie ihm erklären, daß sie Brüder sind, sagt er: »Ich habe tatsächlich noch nie auf der Welt zwei Burschen gesehen, die einander so ähnlich sind wie ihr beide. Nun, Tochter, was hast du dazu zu sagen?«
»Vater«, sagt sie, »ich will mit Jack einen Vertrag machen. Er darf aus dem Schloß nicht eher fort, bis ich einen Sohn geboren habe.«
»Das könnte nie sein oder früher als du denkst«, erwidert Jack.
»Nun gut, der Vertrag gilt«, sagt sie. »Also, Jack, sobald ich einen Sohn habe, kannst du jederzeit gehen, wenn ich aber keinen Sohn bekomme, mußt du für den Rest deines Lebens hierbleiben. In diesem Schloß ist genug Gold, daß du und ich, mein Ehemann, mein Vater und meine Mutter davon leben können.«
»Also gut«, sagt Jack, »ich bleibe hier, bis du einen Sohn geboren hast.«
»Abgemacht«, sagt sie. Man kann sich denken, daß Jack alles tat, daß sie einen Sohn bekam, denn er wollte ja weiter, sein eigenes Glück suchen. Und wie man es anstellt, daß eine Frau einen Sohn bekommt, muß ich euch nicht erklären. Und ich denke, beide hatten ihren Spaß daran.

Nun, kaum waren neun Monate herum, da gebar die Prinzessin einen Sohn.

»Gott sei Dank«, sagte Jack, »nun kann ich endlich fort und nach meinem Glück suchen.«

Als die Prinzessin hörte, daß er aufbrechen wollte, buk sie ihm sieben kleine Hafermehlbrote.

Sie buk sie selbst, und sie ließ Milch aus ihren Brüsten in den Teig tropfen. Und als sie fertig waren, ließ sie sie auskühlen und tat sie in eine kleine Schachtel.

William aber gab dem Bruder ein Schwert mit. Er sagte: »Ist dir klar, daß dein Schwert dir überhaupt nicht von Nutzen ist auf der Straße, auf der du gehen wirst? Nimm besser meines. Was immer du damit berührst, ist auf der Stelle tot.«

»Ja, wenn das so ist«, sagt Jack, »nehme ich es wirklich besser mit.« Darauf verabschiedete er sich von seinem Bruder, seiner Schwägerin, dem alten König und der alten Königin und machte sich auf den Weg. Er reiste und reiste, Tage und Nächte und Nächte und Tage – die Vögel konnten auf den Bäumen rasten, aber für Jack gab es keine Rast noch Ruhe –, bis er sich eines Tages auf der Spitze eines grünen Hügels befand. »Hier setze ich mich jetzt erst einmal hin«, sprach er, »und esse ein Stück Brot.«

Er aß aber keines von den Hafermehlbroten, sondern anderes Brot.

Als er nun so dasaß und sein Brot kaute, sah er eine Baumreihe auf beiden Seiten der Straße unten vor sich. Jedenfalls meinte er, das seien Bäume.

»Da gehe ich doch einmal hin und schaue mir das an«, dachte er bei sich. Als er zu den Bäumen kam, war da auch ein großes Tor.

»Großer Gott«, sagt er, »dieses Tor hier ist merkwürdig. Ein so großes Tor hätte ich auf dieser gottverlassenen Straße nie erwartet. Irgendwo muß es da ja wohl auch

Menschen geben.« Also öffnet er das Tor und sagt sich: »Am besten hältst du dich wohl auf der Straße.« Er hört hinter sich eine Stimme, die sagt: »Halte dich nicht an die Straße.«
Und da steht ein kleiner Mann vor ihm, einen halben Fuß hoch, mit einer Haube so groß wie ein gewöhnliches Mühlrad.
»Großer Gott«, ruft Jack aus, »was hat dich denn hierhergebracht, kleiner Mann?«
»Ich bin schon seit dreihundert Jahren hier«, sagt der Wicht, »und du bist der erste sterbliche Mensch, der des Weges kommt, und es gibt nichts, das kriecht, fliegt, kreucht oder fleucht, was ich nicht getötet hätte. Siehst du all die Knochen hier herumliegen? Das sind Menschenknochen, Tierknochen, Knochen von Vögeln, alle erdenklichen Arten von Knochen.«
»Ja, ich sehe.«
»Nun«, spricht der Wicht, »ich fürchte, die deinen werden bald bei den anderen liegen. Du bist hier in einem verbotenen Land.«
»Verbotenes Land?« sagt Jack, »ich habe nie von einem Land gehört, das für die Menschen verboten wäre.«
»Nun«, sagt der kleine Mann, »dann wollen wir erst einmal kämpfen.«
»Gut«, sagt Jack, »ich bin zwar kein Krieger. Aber wenn es nun einmal so ist, will ich um meine Rechte kämpfen, gerade so, wie dies mein Bruder getan hätte.«
Darauf zogen beide ihre Schwerter, aber der kleine Mann war längst nicht so geschickt im Umgang mit seiner Waffe wie Jack. Das lag daran, daß dessen Schwert gewissermaßen von selbst durch die Luft fuhr. Sie kämpften vier Stunden, ohne daß einer den anderen geschlagen hätte, aber dann berührte Jack mit seinem Schwert die Hand des kleinen Mannes. Ganz beiläufig geschah das.
»Halt!« rief der Wicht. »Jack, du bist stärker, als ich ge-

dacht habe. Du hast mich besiegt. Das Schwert, das du da führst, hat einmal mir gehört. Es ist das beste Schwert auf der Welt. Ich habe es vor dreihundert Jahren von meinem Vater bekommen.«

»Das ist mir schnurzegal, von wem du es hast oder wer es gemacht hat. Jetzt gehört es mir, und ich habe vor, es zu behalten. Mir hat es mein Bruder gegeben, und ihm werde ich es wieder aushändigen, wenn ich zurückkomme.«

»Ich ergebe mich«, sagte der kleine Mann, »und wenn ich dir in dieser Welt helfen kann, Jack, so will ich das gern tun. Bei mir gibt es nur klare Sachen. Wenn ich geschlagen bin, dann bin ich geschlagen, und wenn ich einen anderen schlage, dann kommt er auf den Knochenhaufen dort. Ich kenne da kein Pardon, und da ich niemand schone, kannst du mich jetzt auch totschlagen, wenn du willst.«

»Ich bin nicht blutdürstig«, sagt Jack, »außerdem hast du versprochen, mir zu helfen.«

»Ja«, spricht der kleine Mann, »ich werde dir helfen, wo immer du bist. Wenn du mich brauchst, dann rufe nur: ›Wo ist mein kleiner Mann mit der breiten Haube?‹, und kaum hast du den Satz zu Ende gesprochen, werde ich zur Stelle sein.«

»Das hört sich gut an«, sagt Jack, »du bist von der praktischen Sorte.«

»Paß auf«, sagte der kleine Mann zu Jack, »wenn du diese Allee entlanggehst, kommt nach drei Meilen eine Abzweigung nach rechts. Und wenn du ihr folgst, gelangst du an ein vergessenes Schloß. Keine Menschenseele wirst du darin antreffen. Sie sind alle verzaubert.«

»Verzaubert?« fragte Jack, »was meinst du mit ›verzaubert‹?« Er wußte tatsächlich nicht, was es bedeutet, verzaubert zu werden. Der kleine Mann erklärte es ihm und fuhr dann fort: »Du mußt nur den Zauberstab finden, dann kannst du alle im Schlosse wieder erlösen.«

»Ich werde mir merken, was du mir gesagt hast«, spricht

Jack, »ich glaube zwar nicht, daß ich deine Hilfe brauchen werde, aber sollte es dahin kommen, dann werde ich dich rufen.«
»Sehr gut«, sagt der Zwerg, »aber vergiß mich nicht. Denke immer an mich.«
Dann verabschiedeten sie sich voneinander, und Jack ging auf der Straße weiter.
Nun, er lief auf der Straße, es mögen drei oder vier Meilen gewesen sein, dann wandte er sich nach rechts und kam an ein Tor.
»Sieh an«, sagte er, »dieser kleine Kerl hat wirklich recht gehabt. Dies ist wirklich das schönste Schloß, das ich in meinem Leben je zu Gesicht bekommen habe. Das wäre gerade das rechte Haus für meinen Vater und für meine Mutter. Ich will mich drinnen einmal umschauen.« Er tritt also ein. »Jemand hier?« ruft er. Es kommt keine Antwort, und er sagt: »Also ist niemand da. Der kleine Mann hat schon recht gehabt.« Er steigt die Treppe hinauf bis ins oberste Zimmer des Schlosses, und da liegt eine Frau im Bett.
»Guter Gott«, sagt die Frau, »was führt dich denn hierher? Und wie bist du hergekommen?«
»Ganz einfach auf meinen zwei Beinen, und auf ihnen gedenke ich auch wieder davonzukommen.«
»Nun«, sagt sie, »mit Worten bist du vielleicht tapfer, aber das heißt ja noch nicht, daß du auch tapfer bist, wenn es ans Handeln geht.«
»Bisher hat mich noch keiner geschlagen.«
»Und wie heißt du?«
»Einfach Jack, nicht mehr und nicht weniger!«
»Dann rat ich dir, Jack: Geh zur Hintertür und sieh, was du dort siehst.«
Er tat, wie ihm geheißen, kam zurück und sprach: »Meine schöne Prinzessin, ich sehe da nichts als einen alten Mantel.«

»Sieh noch einmal hin«, spricht sie. Er schaut noch einmal nach, und danach sagt er: »Ja, ein Paar alte Schuhe, zerfetzt und abgerissen, steht auch noch da.«

»Behalte sie«, sagt die Frau. »Was du zuerst gefunden hast, ist der Mantel der Dunkelheit, und dies sind die Schnelllaufschuhe. Wenn du den Mantel anlegst, bist du unsichtbar.«

»Wie«, lacht er, »unsichtbar nur durch einen alten zerschlissenen Mantel?«

»Wenn du mir nicht glauben willst, versuche es nur. Du wirst ja dann sehen.«

»Das werde ich gewiß tun, schöne Frau.«

Nun ging er fort, reiste Meile um Meile, bis er Blasen an den Füßen hatte. Da probierte er die Schnellaufschuhe aus, legte sie an, und schwupp, schon sauste er los. Er konnte nirgends verweilen, und wenn er auch noch den Mantel anzog, war er einem Vogel gleich, der durch die Luft fliegt. Über die Spitzen der Bäume, über Felsen, Hügel und Täler flog er mit einer Geschwindigkeit von sechzig Meilen in der Stunde. Es war ihm so leicht dabei, und einmal, als er hinabsah in ein Tal, arbeitete dort ein alter Mann, der schnitt Binsen mit einer Sichel.

»Guter Himmel«, sagte Jack, »jetzt muß sich herausstellen, ob die Leute mich sehen können oder nicht?« Er flog so tief, daß der alte Mann das Geräusch seines Mantels hören mußte, und rief: »Guten Abend, alter Herr.« Der sah sich um, aber da war niemand. Der alte Herr sagte: »Mir war so, als hätte ich jemanden sprechen gehört.«

»Das ist richtig. Hier bin ich«, erwidert Jack.

»Nun«, sagt der alte Herr, »wenn da jemand ist, möge er sagen, ob er sterblich ist oder nicht?«

»Ich bin sterblich«, sagt Jack. »Ich lebe wie Ihr auch.«

»Ich kann dich nicht sehen.«

»Einen Augenblick«, sagt Jack, nimmt den Mantel ab und stellt sich dann neben den Alten hin.

»Jetzt sehe ich Euch«, sagt der Alte, »Ihr seht nicht übel aus. So einen hübschen Mann habe ich lange nicht mehr gesehen. Es lebt hier niemand außer mir. Seit zweihundert Jahren schneide ich hier Binsen, und wie rasch ich sie auch abschneide, sie wachsen noch viel rascher wieder nach. Ich kann einfach nicht von hier fort.«
»Habt Ihr hier nie zuvor jemanden gesehen?« fragt Jack.
»Doch«, erwidert der alte Mann, »alle sieben Jahre kommt ein Mann her. Das ist der Schwarze Ritter.«
»Der Schwarze wer...?« fragt Jack.
»Der Schwarze Ritter!«
»Und was macht der?«
»Er geht bis zur Spitze des Hügels. Seht Ihr den Busch dort oben?«
»Den sehe ich«, sagt Jack.
»Nun, in diesem Busch sitzt ein Reh. Man nennt es das Milchweiße Reh, und er versucht, es zu fangen. Ihr müßt wissen: Das Milchweiße Reh ist seine Tochter.«
»Ein Reh seine Tochter? Wie geht das zu?«
»Nun, Ihr habt sicher schon von Verzauberungen reden gehört.«
»Ich habe kürzlich davon gehört. Aber ich bin noch nie einem solchen Fall begegnet.«
»Ihr seid bereits mitten drin«, sagt der Mann.
»Guter Gott«, ruft Jack, »das konnte ich ja nicht ahnen, und ist das Reh noch dort?«
»Es ist dort. Ich versichere es Euch.«
»Nun, dann wollen wir mal sehen, alter Mann«, sagt Jack, und schon ist er auf und davon.
Er hat also den Mantel der Dunkelheit umgelegt und steigt auf den Hügel. Und als er an den Busch kam, sprang das Reh auf und rannte davon. Und Jack hinterdrein über Stock und Stein, Hügel und Gebirge, bis in die Gegend, da sie an die Kette der Felsengebirge gelangten. Und in dieses Gebirge kommt man nur an einer Stelle herein und heraus.

»Haha«, ruft Jack, »jetzt habe ich dich, meine Liebe. Sie nennen dich das Milchweiße Reh, aber in zwei, drei Minuten wirst du mein Reh sein.«

Doch als er dem Tier näher kam, öffnete sich der Fels vor ihm. Das Reh konnte einfach mit einem Messer einen Spalt hineinschneiden. Jack zieht sein Zauberschwert; er öffnet damit wiederum die Felswand, die sich hinter dem Tier wieder geschlossen hat. Er verfolgt das Reh an die drei Meilen, und als sie an das andere Ende des Berges kommen, liegt dort das Reh hingestreckt.

»Du hast mich also gefangen«, spricht es.

»Ach«, sagt Jack, »reden kannst du auch.«

»So ist es.«

»Nun«, sagt er, »du bist das erste Tier auf der Welt, das ich sprechen höre.«

»Entschuldige, aber ich bin kein Tier«, sagt es, »ich bin verzaubert. Der alte Mann, der die Binsen schnitt, hat es dir doch gesagt.«

»Nun, ich liebe dich mehr als irgend etwas auf der Welt«, sagt Jack.

»Aber es ist da etwas«, sagt sie, »das du zuvor tun mußt, Jack.«

»Und das wäre?«

»Hinter dir steht ein Block, und in dem Block steckt eine Axt.«

Er blickt sich um, und es ist so.

»Nun«, sagt das Reh, »nimm meinen Leib und meinen Kopf, und lege ihn auf den Block. Und kannst du nicht Kopf von Rumpf mit einem Hieb voneinander trennen, würde mir das für dich sehr leid tun.«

»Sei gewiß, ich schaffe auch das. Ich bin mehr als hundert Meilen hinter dir drein gerannt. Viel schwerer kann diese Aufgabe nun auch nicht sein.«

»Gut«, sagt es, »und wenn du meinen Kopf abgetrennt hast, dann wirf ihn in die Quelle dort hinter dir.«

Er dreht sich um, und tatsächlich sprudelt da eine Quelle.
Das Reh fährt fort: »Tauche dann meinen Kopf und meinen Leib im Wasser ganz unter. Wenn du es nämlich nicht mit mir tust, muß ich es mit dir tun. So steht es geschrieben... der eine oder der andere.«
»Jung zu sterben, habe ich nicht die geringste Lust«, sagt er, »also tue ich es mit dir.«
Er legte also ihren Kopf auf den Block, und mit einem Hieb trennte er ihn vom Rumpf. Er nahm Kopf und Rumpf und warf ihn in die Quelle. Und dann saß er eine Weile da und dachte nach.
»Ich war ein Narr«, sagte er zu sich, »wie könnte denn ein Tier ohne Hände mir mit einer Axt den Kopf abschlagen? So etwas gibt es doch gar nicht. Wie töricht von mir. Für alle Frauen auf der Welt hätte ich mein liebes Reh nicht hergeben sollen.«
»Gewiß doch, gewiß«, sagte da eine Stimme hinter seinem Rücken.
Er blickte sich um, und da stand die schönste Frau, die er je in seinem Leben gesehen hatte.
»Ich komme aus der Quelle dort«, sagt sie, »du hast mir den Kopf abgeschlagen und ihn dann hineingeworfen. Jetzt sehe ich wieder so aus wie früher. Und denke daran, es ist dreihundert Jahre her, daß ich verzaubert wurde.«
»Nun«, sagt er, »dann hast du noch lange nach deiner Mutter gelebt.«
»Wie aber kommen wir jetzt hier wieder heraus?«
»Ich weiß es nicht«, sagt Jack, »ich habe es schon mit meinem Schwert versucht. Aber dieser Fels ist hart wie Granit.«
»Nun, bei dem Wort, das aus meinem Munde kommt, wir werden diese Felsen öffnen. Wo jetzt Fels ist, soll ebenes Land sein, und wo ebenes Land ist, sollen Hügel sein, wo es keine Straßen gibt, sollen Straßen verlaufen, und wo es keinen Wagen gibt, da sei ein solches Gefährt.«

Im Augenblick stand da ein Wagen.

»Nun, Jack«, sagt die schöne Frau, »wollen wir heimfahren?«

Also steigt Jack in den Wagen zu der schönen Frau.

»Hmm«, sagt er, »wer hätte gedacht, daß ich hier noch einer Frau in einem Wagen begegnen würde. Seltsam das alles.«

»Du würdest dich noch mehr wundern«, spricht sie, »wenn du wüßtest, was es hier noch so alles gibt: Dinge, wie du sie in deinem bisherigen Leben noch nie gesehen hast. Voran, damit du sie zu Gesicht bekommst.« Sie fuhren also weiter, so schnell sie konnten, Meile um Meile, Hügel um Hügel, als plötzlich das Mädchen aufblickte. »Hier sind wir nun«, sagte sie. »Jack, nun kannst du beweisen, was du vermagst. Hier kommt mein Vater, einer der leblosesten Männer auf dem Gesicht des Erdenrund.«

»Ach, ist er das?«

»Ja, das ist er.«

»Ich werde ihn prüfen.«

Er kommt mit einem Speer in der Hand auf einem Pferd auf den Wagen zugeritten und ruft: »Eine Minute gebe ich dir Zeit für ein letztes Gebet, Jack.«

»Immer langsam«, antwortet Jack, greift in die Tasche und zieht das kleine Paket mit den Haferkuchen hervor: »Versucht erst einmal dieses Gebäck.«

Der Mann streckt die Hand aus und beißt in den Kuchen.

»Fluch mir«, ruft er darauf aus, »beinahe hätte ich einen Mann getötet, der mir Gutes tun wollte.«

»Eßt nur ruhig noch ein Stück.«

So geht es immer weiter, bis er alle Kuchen aufgegessen hat.

»Wahrlich«, sagte er, »ich kann von Glück reden, daß ich dich getroffen habe. Du hast meine Tochter erlöst. Erinnerst du dich an das Schloß? Ich bin der König, der dazu-

gehört. Mir gehören die größten Besitztümer und reichsten Schätze der Welt.«
»Freut mich, das zu hören«, sagt Jack.
»Und weil du meine Tochter erlöst hast«, sagt der König, »sollst du sie gleich morgen zur Frau bekommen.«
»Ich komme meinem Glück nahe«, sagt Jack.
Sie ritten und ritten. »Es gibt da noch etwas«, spricht der König, »das muß ich dir sagen, ehe wir weiterreiten. Ich muß noch eine der gefährlichsten Schlangen töten, die es auf der Welt gibt. Sie ist eigentlich ein menschliches Wesen, so wie wir es sind, aber sehr gefährlich, viel gefährlicher als eine gewöhnliche Schlange. Ich muß ihr gegenübertreten, denn sie weiß, daß wir jetzt kommen.«
Jack überlegte, wen der alte König wohl meinte. Und wie er noch so überlegte, kam ein Mann daher, der sah aus wie der Teufel persönlich, wenn es so jemanden auf dieser Welt gibt. Die beiden beginnen zu kämpfen, und was zuvor Hügel war, wurde nun flaches Land, und was flaches Land war, wurde nun Hügel, und sie kämpften verbissen an die vier Stunden. Aber Jacks Schwiegervater war der Sieger.
»Nun«, spricht Jack, »Ihr habt Euch tapfer geschlagen. Ich habe noch nie jemanden gesehen, der so schlau und verbissen gekämpft hat.«
»Da tust du recht, das von deinem Schwiegervater zu sagen.«
Jack und das schöne Mädchen und der Schwiegervater zogen darauf heim. Es dauerte noch sechs Wochen, denn die Straßen waren so verschlungen, daß sie in einer Viertelstunde daheim gewesen wären, hätten sie nicht durch so viele Kurven und über Umwege fahren müssen. Dann aber heiratete Jack. Sein Bruder und seine Schwägerin und der andere König waren auch da, und die beiden Brüder hielten noch einmal zusammen Hochzeit und lebten mit ihren Frauen glücklich bis ans Ende aller Nächte Morgen.

Ich selbst bin auch da gewesen. Ich spielte in dem Palast auf meinem alten Dudelsack. Ich bekam zwei Pence und die Kruste vom Pudding, um eine Lüge zu erzählen, und die Haut eines roten Herings dazu.

Tom der Reimer

Ercildourne ist ein Dorf, das im Schatten der Eildon-Berge liegt. Hier lebte in alten Tagen ein Mann, der Tom Learmont hieß und sich nur darin von seinen Nachbarn unterschied, daß er auf einer Laute spielte, wie die wandernden Sänger es tun.

An einem Sommertag verschloß Tom die Tür seiner Hütte und machte sich mit seiner Laute unter dem Arm auf den Weg zu einem Kleinbauern, der am Hang der Berge wohnte. Es war nicht allzu weit, und er schritt kräftig aus über die Heide hin. Der Himmel war wolkenlos und blau, und als er Huntlie Bank am Fuße der Eildon-Berge erreichte, war er müd und träge von der Hitze und beschloß, sich im Schatten eines großen Baumes etwas auszuruhen. Vor ihm lag ein kleiner Wald, durch den zogen sich grüne Pfade. Er schaute in die Tiefe des Waldes und zupfte dabei ein paar Akkorde auf seiner Laute. Da hörte er in der Ferne einen Laut, der klang wie das Geräusch eines Bergbaches. Dann aber sprang er plötzlich erstaunt auf, denn über einen der grünen Pfade sah er die schönste Dame der Welt reiten.

Sie trug ein Kleid aus grasgrüner Seide und einen Umhang aus grasgrünem Samt, und ihr blondes Haar fiel ihr offen über die Schultern. Ihr milchweißes Pferd bewegte sich anmutig zwischen den Bäumen, und Tom sah, daß an jedem Haarbüschel der Mähne eine kleine silberne Glocke angebunden war.

Er zog seine Mütze und fiel vor der schönen Reiterin auf die Knie, die ihre milchweiße Stute zügelte und ihm befahl, aufzustehen.

»Ich bin die Königin des Feenlandes und komme, um dich zu besuchen, Tom aus Ercildourne«, sagte sie. Dann lächelte sie und streckte die Hand aus, damit er ihr helfen könne, abzusteigen. Er warf den Zügel des Pferdes über einen Dornbusch und führte sie, verzaubert von ihrer bleichen, unirdischen Schönheit, zu einem großen Baum.
»Spiel auf deiner Laute, Tom«, sagte sie, »schöne Musik und grüner Schatten passen gut zusammen.«
Also nahm Tom sein Instrument, und es kam ihm vor, als habe er nie zuvor so süße Melodien auf seiner Laute hervorgebracht. Als er zu Ende gekommen war, sagte die Feenkönigin, es habe ihr gut gefallen.
»Ich will dich belohnen, Tom«, sprach sie, »um was immer du bittest, es soll dir gewährt werden.«
Da faßte Tom ihre weiße Hand. »Laß mich deine Lippen küssen, schöne Königin«, bat er.
Die Königin entzog ihm ihre Hand nicht, sondern sagte lächelnd: »Wenn du meine Lippen küßt, Tom, wirst du mir verfallen. Du wirst unter einem Bann stehen und wirst mir sieben Jahre dienen müssen, ob es dir gefällt oder nicht.«
»Was sind sieben Jahre?« erwiderte Tom, »das ist eine Strafe, die ich gern auf mich nehme.« Und er preßte seine Lippen auf den Mund der Feenkönigin.
Dann sprang die Königin auf, und Tom wußte, daß er ihr nun folgen mußte, wohin sie ihn führte.
Doch immer noch war die Verzauberung der Liebe in ihm, und er bedauerte seinen verwegenen Wunsch nicht, selbst wenn er ihn nun sieben Jahre seines Lebens kosten würde.
Sie sprang auf ihr milchweißes Pferd und hieß Tom hinter ihr aufsitzen, und während die Glöckchen hell klingelten, ritten sie über die grünen Täler und die mit Heidekraut überwucherten Hänge, und sie reisten schneller als die vier Winde des Himmels, bis sie in ein seltsames Land kamen, wo die Königin zu Tom sagte, hier würden sie eine Weile rasten.

Tom sah sich neugierig um, denn er wußte, daß er nun nicht mehr im Land der Sterblichen war. Eine Wildnis lag hinter ihnen, ohne Weg, wie das Meer, aber vor ihnen verliefen drei Wege in das kahle Land. Eine Straße war eng und steil, an beiden Seiten eingefaßt mit Dornenbüschen und Stechginster verlief sie auf ein schwarzes Loch zu. Die zweite Straße war breit, und auf ihr lag tanzendes Sonnenlicht. Sie führte zu einem samtweichen Rasen, auf dem Blumen in leuchtenden Farben blühten. Die dritte Straße aber lief zwischen Farnen und Moos und unter großen Bäumen hindurch, deren Blattwerk kühlen Schatten warf.

»Die steile, enge Straße ist der Weg der Rechtschaffenheit«, sagte die Feenkönigin, »nur wenige Reisende sind kühn genug, diesen Weg einzuschlagen. Die breite Straße heißt man den Pfad der Verderbtheit, obwohl er so schön und hell aussieht. Die dritte Straße aber, die sich durch Farne und Moos windet, ist der Weg ins Feenreich, wo du und ich heute abend sein werden.«

Sie stieg auf ihr Pferd, das behaglich seinen Kopf hob und den Farnpfad betrat. Ehe sie aber weiterritten, sagte sie zu Tom: »Wenn du mir gehorchst und nie ein Wort sprichst, solange du im Feenland bist, was immer du auch dort sehen und hören magst, dann will ich dich nach den sieben Jahren ins Land der Menschen zurückschicken. Entschlüpft dir aber auch nur ein Wort, so hast du dein Glück verwirkt und wirst für ewig durch die Wildnis wandern müssen, die zwischen dem Feenland und dem Reich der Menschen liegt.«

Sie ritten auf dem dritten Pfad, und Tom fand, daß man eine große Strecke zurücklegen mußte, ehe man das Reich der Königin sah. Sie ritten über Täler und Hügel, über Moore und Ebenen. Manchmal wurde der Himmel dunkel wie Mitternacht, und manchmal malte die Sonne einen goldenen Rand auf die Wolken. Sie überquerten reißende

Ströme, in denen rotes Blut gurgelte, das an den Flanken der milchweißen Stute aufspritzte, und die Königin mußte ihren langen Umhang hochnehmen. Alles Blut, was je auf Erden vergossen worden ist, floß aus den Quellen dieses seltsamen Landes.
Schließlich aber erreichten sie die Tore des Feenlandes, wo tausend Trompeter ihre Ankunft verkündeten, und sie ritten durch eine Landschaft, die in helles Licht getaucht war.
Weit fort, im Land der Irdischen, flüsterten sich die Leute von Ercildourne unheimliche Geschichten über Tom Learmont zu, der an einem Sommertag verschwunden war.
Während der ganzen Zeit, in der er sich im Feenland aufhielt, sprach Tom kein Wort, was immer er auch an wunderbaren Dingen sah und hörte. Und als er der Feenkönigin sieben Jahre gedient hatte, führte sie ihn in einen sonnenbeschienenen Garten vor den Toren des Feenlandes. Lilien und schöne Blumen wuchsen dort, die Bäume schienen von einem leuchtenderen Grün als anderswo, und unter ihren Zweigen weideten zahme Einhörner.
Die Königin pflückte einen Apfel von einem Baum und reichte ihn Tom. »Jetzt darfst du dein Schweigen brechen«, sagte sie, »und nimm diesen Apfel für die Dienste, die du mir sieben Jahre erwiesen hast. Es ist eine verzauberte Frucht, und wer sie ißt, dessen Zunge wird nie eine Lüge sprechen.«
Nun war Tom ein Bursche, bei dem das Nachdenken rasch ging, und es wollte ihm scheinen, daß es ein zweifelhaftes Vergnügen sei, für den Rest seines Lebens in der Welt, in die er zurückkehrte, immer die Wahrheit sagen zu müssen. Er versuchte, dies der Königin zu erklären: »Im Land der Menschen, mußt du wissen, ist es oft nötig, etwas zu übertreiben, wenn man mit seinem Nachbarn ein gutes Geschäft machen oder die Gunst einer Frau durch Redegewandtheit gewinnen will.«

Die Königin lächelte und sagte: »Sei nur ruhig, Tom. Ein solches Geschenk, wie ich es dir mache, wird so leicht keinem Irdischen zuteil. Es wird dir mehr Ruhm bringen, als du denkst, und man wird sich an den Namen von Tom Learmont erinnern, solange Schottland besteht. Aber jetzt mußt du gehen, Tom. Doch höre noch dies: Die Zeit wird kommen, da ich dich zurückrufe, und du mußt versprechen, dann meinen Befehlen zu gehorchen, wo immer du auch sein magst. Ich werde zwei Boten schicken, bei denen du sofort wissen wirst, daß sie nicht von deiner Welt sind.«
Tom starrte in die schwarzen Augen der Feenkönigin, und er wußte, daß der Liebeszauber, der sieben Jahre auf ihm geruht hatte, nie völlig seine Kraft verlieren würde.
Froh versprach er, ihren Befehlen zu gehorchen, und dann überkam ihn plötzlich Müdigkeit. Der grüne Garten mit den Einhörnern verblich. Ein weißer Nebel, wie fallende Apfelblüten, senkte sich vom Himmel herab.
Als Tom erwachte, lag er im Schatten des großen Baumes, der bei Huntlie Bank steht. Er sprang auf und schaute auf die leeren Pfade im Wald und horchte, aber kein Klang von Silberglöckchen ließ sich mehr vernehmen. Sein Besuch im Feenland, der sieben Jahre gedauert hatte, schien jetzt nichts weiter als der Traum eines Sommernachmittags. Da sprach er zu sich: »Eines Tages werde ich dorthin zurückkehren«, und dann nahm er seine Laute auf und ging nach Ercildourne zurück, neugierig darauf, was in dem Zeitraum von sieben Jahren wohl alles geschehen sein mochte, neugierig aber auch, weil er sich fragte, wie sich das Geschenk der Feenkönigin auswirken werde.
»Ich fürchte, ich werde viele meiner Nachbarn beleidigen«, dachte er und mußte lachen, »denn dahin wird es doch wohl kommen, wenn ich stets die Wahrheit und nichts als die Wahrheit sage. Sie werden freimütigere Antworten und Meinungen zu hören kriegen, als es ihnen lieb ist, wenn sie mich um einen Rat fragen!«

Als er die Dorfstraße betrat, stieß eine alte Frau einen furchtbaren Schrei aus, denn sie meinte, hier sei einer von den Toten zurückgekommen. Tom erklärte, daß er gesund und munter und wahrlich kein Gespenst sei, und mit der Zeit fanden sich die guten Leute von Ercildourne damit ab, daß er nach siebenjähriger Abwesenheit wieder aufgetaucht war. Aber immer staunten sie, wenn Tom von seinem Aufenthalt im Land der Feen erzählte. Die Kinder kletterten auf seine Knie und drängten sich zu seinen Füßen und hörten begierig zu, wenn er von den Wundern der Feenwelt erzählte, während die alten Leute mit den Köpfen nickten und sich untereinander die Namen jener zuflüsterten, die angeblich früher schon von der Feenkönigin fortgelockt worden sein sollten. Nie aber erwähnte Tom sein Versprechen, wieder ins Feenreich zurückzukehren, sobald die zwei Feenboten ihn rufen würden. Tom selbst war ziemlich erstaunt, als er merkte, daß es keinen großen Unterschied machte, ob einer nun sieben Tage oder sieben Jahre aus Ercildourne fortgewesen war. Ja, an seiner Hütte mußte dies und das ausgebessert werden. Der Wind hatte ein paar Steine aus der Wand herausgebrochen, und der Regen hatte einige Löcher in das Strohdach gefressen, die Nachbarn hatten ein paar Runzeln mehr im Gesicht und ein paar weiße Haare mehr. Aber im großen und ganzen hatte sich nach siebenmal Frühling, Sommer, Herbst und Winterstürmen nicht viel geändert. Jeden Tag wartete er darauf, welche Wirkung nun das Geschenk der Feenkönigin haben werde. Er fand zu seiner großen Erleichterung, daß er immer noch Schmeichelworte zu der Tochter des Kleinbauern sagen und immer noch einen schwankenden Nachbarn dazu überreden konnte, eine Kuh oder ein Schaf von ihm zu kaufen.
Aber dann, eines Tages, als die Dorfbewohner über eine Viehseuche, die das Land befallen hatte, diskutierten, spürte Tom sich von einer seltsamen Kraft dazu gedrängt,

das Wort zu ergreifen. Die Worte kamen aus seinem Mund ohne sein Zutun, und selbst erstaunt, prophezeite er, daß seine Nachbarn in Ercildourne kein einziges Stück Vieh durch die Seuche verlieren würden. Die Leute aus dem Dorf glaubten ihm, irgend etwas kam über sie, das sie einfach zwang, der Vorhersage zu glauben. Und tatsächlich bewahrheitete sie sich.
Danach machte Tom viele Prophezeiungen, die meisten waren in Reimen. So konnte man sie gut behalten, und sie gingen von Mund zu Mund.
Immer stellte sich ihre Wahrheit heraus, und sein Ruf verbreitete sich durch ganz Schottland. Viele Lords und Grafen belohnten ihn für seine Vorhersagen und bewunderten seine Fähigkeiten. Obwohl er viele Teile des Landes besuchte und viele vornehme Leute kennenlernte, blieb Tom dennoch stets seinem Dorf Ercildourne treu.
Mit seinem Geld baute er sich einen schönen Turm, in dem lebte er viele Jahre. Und doch, bei allem Ruhm und Reichtum, so fanden die Leute, sei Tom dennoch kein so ganz glücklicher Mensch. In seinen Augen lag immer das seltsame Licht eines Verlangens, als könne er die Erinnerung an die Feenwelt nicht vergessen.
Jedes Jahr gab Tom in seinem Turm in Ercildourne ein großes Bankett, zu dem alle Einwohner, die in der Nähe wohnten, geladen waren.
Es war eine solche Nacht des frohen Festes, da die Pfeifer die Füße tanzen machen und die Herzen anrühren, und in der Halle erklangen freudige Zurufe. Ale gab es so viel, wie jeder trinken wollte. Und kaum ruhten die Tänzer aus, da wurden ihre Gläser schon wieder aufgefüllt, und Tom begann auf seiner Laute zu spielen. Während des Festes geschah es, daß ein Diener in die hellerleuchtete Halle gerannt kam, eine seltsame Botschaft auf den Lippen.
Sein Benehmen war derart, daß Tom aufstand und Ruhe gebot, damit man hören könne, was der Diener zu sagen

habe. Das Lachen und die Gespräche verstummten, und in die Stille hinein sagte der Mann: »O Herr, ich habe etwas höchst Seltsames gesehen. Aus den Bergen kommen eine milchweiße Hirschkuh und ein milchweißes Rehkitz die Straße herab.« Wahrlich seltsam. Denn gewöhnlich wagte sich keines der Tiere aus dem Wald bis in die Nähe des Dorfes. Außerdem: Wer hatte je von einer milchweißen Hirschkuh und einem milchweißen Rehkitz gehört?
Die Gäste, Tom allen voran, rannten auf die Straße, und ihr Staunen wuchs noch mehr, als sie sahen, daß die beiden Tiere sich überhaupt nicht um die Menschenmenge kümmerten und im Mondlicht weiter näher kamen.
Und Tom wußte, daß dies die beiden Feenboten der Königin waren. Freude überkam ihn, und er lief von seinem Turm fort.
Die beiden Tiere nahmen ihn in die Mitte, und langsam verschwanden Mann und Tiere im dunklen Wald.
Wie die Feenkönigin versprochen hatte, brachte die Gabe des Prophezeiens Tom großen Ruhm, und noch heute kennt man seine Worte und Reime.
Der bekannteste Vorfall ereignete sich am 18. März 1285, als Alexander III., einer der weisesten und größten Könige Schottlands, auf dem Thron saß. An diesem Tag schickte der Graf von March nach Tom, dem Reimer, und ließ anfragen, wie am nächsten Tag das Wetter sein werde. »Am Morgen, noch vor Mittag, wird der stärkste Wind blasen, von dem man je in Schottland gehört hat«, war Toms Antwort.
Am späten Vormittag schickte der Graf wieder einen Diener zu Tom.
»Wo ist der Wind geblieben, den du vorhergesagt hast?« fragte der Diener, denn es war an diesem Tag schönes, mildes Wetter.
»Mittag ist noch nicht vorbei«, erwiderte Tom ruhig.
Gerade da traf ein Bote beim Grafen ein und meldete, der

König sei gestorben. Er sei auf einem Klippenpfad vom Pferd gestürzt und auf der Stelle tot gewesen. »Da habt ihr den Wind, der großes Unheil über Schottland bringen wird«, sagte Tom, und tatsächlich brach nach dem Tod des guten Königs für Schottland eine Zeit der Unruhen an. Tom prophezeite auch:

> Solange Thorn-Baum steht unverbrannt,
> behält Ercildourne all sein Land.

In dem Jahr, da der Thorn-Baum fiel, machten alle Kaufleute von Ercildourne bankrott, und bald darauf mußte das letzte Stück von dem Gemeindeland verkauft werden. Zwei Prophezeiungen aber gibt es, die sich noch erfüllen müssen:

> Machen die Kühe von Gowrie sich breit an Land,
> ist der Tag des Letzten Gerichts zur Hand.

Die Kühe von Gowrie sind zwei mächtige Felsblöcke, die jetzt unter dem Wasserspiegel bei Ivergowrie im Firth of Tay liegen. Jedes Jahr, so sagt man, kommen sie ein paar Zentimeter weiter auf das feste Land zu.

> Wenn York versunken und London fällt,
> wird Edinburgh die schönste und größte Stadt
>   der Welt.

Der Schmied und die Feen

Vor Zeiten lebte in Crossbrig ein Schmied mit Namen MacEachern. Dieser Mann hatte ein einziges Kind, einen Jungen von dreizehn, vierzehn Jahren, fröhlich, stark und gesund. Plötzlich wurde der krank, er blieb im Bett. Niemand wußte zu sagen, was mit ihm war, auch der Junge selbst nicht. Er fiel zusehends vom Fleisch, wurde mager, sah alt aus und gelb. Sein Vater und all seine Freunde fürchteten, er werde sterben müssen.

Nachdem das lange Zeit so gegangen war und es mit ihm weder besser noch schlechter ging, er aber weiter im Bett lag und ungewöhnlich viel Appetit hatte, stand der Schmied in seiner Werkstatt. Er grübelte und vermochte nicht zu arbeiten, als plötzlich ein alter Mann, der ob seines Wissens und seiner Weisheit bekannt war, die Schmiede betrat. Der Schmied erzählte dem Alten die Vorgänge, die ihm Sorgen bereiteten.

Der Alte blickte ernst drein, während er zuhörte. Er überlegte eine lange Zeit, und dann sprach er: »Das ist nicht Euer Sohn, der da liegt. Der Junge ist von der Feenschar entführt worden, und sie haben einen Wechselbalg an seiner Statt zurückgelassen.«

»Ja, und was soll ich nun tun?« fragte der Schmied.

»Das werde ich Euch nachher sagen«, antwortete der alte Mann, »aber erst einmal wollen wir uns vergewissern, daß es tatsächlich nicht Euer Sohn ist, den Ihr da unter Eurem Dach habt. Also, besorgt so viele Eierschalen, wie Ihr finden könnt, geht damit in das Zimmer, in dem das Bett steht, und breitet sie sorgfältig vor dem Kranken aus.

Dann schickt Euch an, Wasser damit zu holen. Nehmt immer jeweils zwei in Eure Hände, tut so, als seien sie sehr schwer, und stellt sie in einem Halbkreis um den Kamin herum auf.«

Der Schmied tat, wie ihm geheißen.

Er war noch nicht lange damit beschäftigt, als er vom Bett her Gelächter hörte, und der kranke Junge rief: »Ich bin jetzt schon achthundert Jahre alt, aber so etwas habe ich nie zuvor gesehen.«

Der Schmied traf sich wieder mit dem weisen Mann, und der sagte nun zu ihm: »Hab ich es Euch nicht gesagt? Euer Sohn ist in Borra-cheill in einem *digh**. Schafft Euch so rasch wie möglich den Eindringling vom Hals, dann denke ich, kann ich versprechen, daß Euer Sohn wieder heimkehrt. Entzündet vor dem Bett, in dem der Fremde liegt, ein großes Feuer. Darauf wird er Euch fragen: ›Wozu ist das Feuer?‹ Erwidert darauf: ›Das wirst du gleich sehen!‹ Dann packt ihn und werft ihn mitten hinein. Wenn es Euer Sohn ist, den Ihr vor Euch habt, wird er Euch zurufen, Ihr solltet ihn retten, ist er es aber nicht, wird das Wesen durchs Dach davonfliegen.«

Der Schmied folgte dem Rat des Mannes, entzündete ein Feuer, beantwortete die Frage, die ihm gestellt wurde, und warf die Person, die im Bett lag, ohne zu zögern in die Flammen. Das Feenwesen stieß einen fürchterlichen Schrei aus und entwich durch das Rauchloch im Dach.

Danach erzählte der alte Mann dem Schmied, daß in einer bestimmten Nacht der Hügel, in dem die Feen den Jungen gefangenhielten, offen sei. In jener Nacht versah sich der Schmied mit einer Bibel, einem Dolch und einem Hahn, der besonders laut zu krähen pflegte, und ging zu dem Hügel. Dort hörte er Leute singen und tanzen und sich

---

* Ein runder grüner Hügel, von dem der Volksglaube annimmt, daß er von Feen bewohnt wird.

vergnügen, dennoch ging er tapfer weiter. Die Bibel trug er als Schutz gegen die Macht der Feen bei sich. Den Dolch steckte er, als er in den Hügel hineinging, auf die Schwelle, damit die Tür nicht zuschlagen konnte. Er kam in einen großen Raum und sah seinen Sohn weit hinten an einem Amboß arbeiten.
Er sagte zu den Feen: »Ich will meinen Sohn zurück. Ohne ihn gehe ich nicht.«
Als er hörte, daß die ganze Gesellschaft im Hügel in ein lautes Lachen ausbrach, weckte er den Hahn, der bisher schlafend auf seinem Arm gesessen hatte. Das Tier sprang sofort auf seine Schultern, schlug mit den Flügeln und krähte laut und lang. Erbost ergriffen die Feen den Schmied und seinen Sohn und warfen sie aus dem Hügel hinaus. Den Dolch warfen sie ihnen hinterdrein, und dann war es im Augenblick stockdunkel.
Über ein Jahr und einen Tag hin arbeitete der Junge nicht, zudem sprach er kaum ein Wort. Endlich aber, als der Vater ein Schwert für einen Häuptling schmiedete, rief er plötzlich: »So macht man das nicht!« Er nahm dem Vater die Werkzeuge aus der Hand, betätigte sich selbst und hatte bald ein Schwert gefertigt, wie man es nie zuvor im Land gesehen hatte.
Von da an arbeitete der junge Mann ständig mit seinem Vater zusammen und wurde zum Erfinder besonders fein geschmiedeter Waffen, deren Herstellung Vater und Sohn weithin berühmt machten und ihnen auch beträchtliche Einnahmen verschafften, so daß sie von da an herrlich und in Freuden leben konnten.

Feengeschichten

Kircudbright, Dienstag, Februar 1859
Meine liebe Mary: Gestern abend war ich bei Johnny Nicholson, und er erzählte mir die folgende Feengeschichte. Ich muß sie in seinen eigenen Worten wiedergeben:
»Ich bin am Torhaus gewesen«, sagte er, »nun, du erinnerst dich wahrscheinlich an das flache Stück Land nahe Enricks Hof, das war einst ein großer See, ein Stück abwärts steht heute noch die Ruine einer Mühle, die früher mit dem Wasser aus diesem See betrieben wurde. Nun gingen einmal um Halloween zwei junge Pflüger zu einer Schmiede, um dort ihre Pflugscharen schleifen zu lassen. Als sie auf dem Heimweg an besagter Mühle vorbeikamen, hörten sie Musik, Gelächter und Gespräche. Und also ging einer der Burschen hinein, um nachzuschauen, was da los sei. Der andere wartete eine Stunde, aber sein Kamerad kam nicht mehr heraus. Schließlich ging er heim, davon überzeugt, daß seinen Gefährten die Brownies geholt hätten. Um dieselbe Zeit, ein Jahr später, ging der junge Mann wieder mit einem Auftrag zu der Schmiede. Diesmal nahm er vorsichtshalber eine Bibel mit. Als er nun wieder an der Ruine vorüberkam, hörte er wiederum Musik und das Geräusch von Tanzschritten. Da er die Bibel bei sich hatte, wagte er sich hinein. Da sah er seinen Kameraden, den er auf den Tag vor einem Jahr dort zurückgelassen hatte. Er drückte ihm die Bibel in die Hand. Auf der Stelle hörten die Musik und das Tanzen auf, die Lichter gingen aus, und es war stockdunkel. Es wird aber nicht gesagt, was der junge Mann die ganze Zeit gemacht hat, als er bei den Feen war.«

Eine andere Geschichte, die er mir erzählte, handelte von einem Jungen mit Namen Williamson, dessen Vater ein irischer Händler in Leinenstoffen war, der auf dem Weg nach Irland ertrunken war. Also wurde der Junge von seiner Mutter und seinem Großvater aufgezogen, einem alten Mann, der Sproat hieß und in Borgue wohnte. Der Junge verschwand hin und wieder für zwei, drei, manchmal auch für zehn Tage, und keiner wußte, wo er war. Da er auch, wenn er wieder auftauchte, jede Auskunft verweigerte, meinten die Leute, die Feen hätten ihn jeweils entführt. Zu einer bestimmten Zeit stach der Laird von Barmagachan Torf, und die Leute aus der Nachbarschaft halfen ihm dabei. Zu dieser Zeit war der Junge gerade wieder einmal seit zehn Tagen verschwunden gewesen, und alle fragten sich, wo er nur stecke. Plötzlich saß er mitten unter ihnen.
»Johnny«, sagte einer aus der Gruppe, die im Kreis saß und ihr Mittagsmahl nahm, »wo kommst du denn plötzlich her?«
»Ich komm von unserem Volk, von den Feen«, antwortete der Junge. »Siehst du dort drüben das Loch im Boden? Dort bin ich herausgekommen.«
Ein alter Mann mit Namen Brown, ein Nachfahre der Browns von Langlands, der immer noch in Borgue lebt, riet dem Großvater, den Jungen zu einem papistischen Priester zu schicken. Als der Pfarrer und die Gemeinde davon hörten, wurden der Großvater und der alte Brown, der ihm solches geraten hatte, exkommuniziert. Die Leute glaubten an Feen, aber sie meinten, auch ein katholischer Priester könne nichts dagegen tun. Der Junge wurde aber von da an nicht mehr entführt.
Die ganze Geschichte steht in den Büchern der Gemeinde von Borgue verzeichnet, und dort kann man sie bis heute nachlesen.

*

Eines Tages saß eine Mutter an der Wiege ihres Kindes und wiegte es in den Schlaf. Sie war sehr erstaunt, als sie aufsah und eine elegante Dame mit höfischem Aussehen, wie sie nie zuvor in dieser Gegend des Landes eine gesehen hatte, im Zimmer erblickte. Sie hatte niemanden eintreten hören, und deswegen, wie ihr euch denken könnt, war sie nicht wenig verblüfft, stand aber auf und begrüßte die merkwürdige Besucherin. Sie bot ihr einen Stuhl an, die Dame aber lehnte es höflich ab, Platz zu nehmen. Sie trug ein sehr schönes Kleid aus grünem Tuch und Spangen aus Gold und auf dem Kopf eine kleine, mit Perlen besetzte Krone. In wohlklingender Stimme fragte nun die Dame die Mutter mit dem Baby in der Wiege, ob sie ihr mit einer Schüssel Haferflocken aushelfen könne? Das war schnell geschehen, denn der Mann war Bauer und Müller, und sie hatten genügend Haferflocken im Haus. Die vornehme Dame versprach, das Geliehene zurückzugeben, und nannte auch den Tag, an dem dies geschehen werde. Eines der anderen Kinder in der Familie hatte mit der Hand nach den goldenen Spangen der Dame gelangt. Es klagte der Mutter, es habe kein Gefühl mehr in den Händen. Die Mutter fürchtete, das Kind werde gelähmte Hände behalten, aber das war nicht der Fall. Es wäre ja auch höchst undankbar von der majestätischen Fee gewesen, wenn sie dem Kind, bloß weil es ihr Gewand berührte, Schaden zugefügt hätte. Um aber zu unserer Geschichte zurückzukehren: Die Haferflocken wurden zurückgebracht, aber nicht von der vornehmen Dame, sondern von einem merkwürdigen kleinen Wesen mit gellender Stimme, welches wiederum ganz in Grün gekleidet war. Die Haferflocken waren von ausgezeichneter Qualität, und die ganze Familie aß davon, lediglich einer der Knechte weigerte sich, und er starb kurz darauf. Der Müller und seine Frau meinten, er habe nur sterben müssen, weil er nicht von den Haferflocken gegessen habe. Sie waren auch fest davon überzeugt, daß die erste Erscheinung niemand anders als die Königin der Feen selbst gewesen sei, die, da sie ihren Hofstaat entlassen hatte, keine Hofdame fand, die sie hätte schicken können. Ein paar Nächte nach diesem merkwürdigen Besuch ging der Müller zu Bett, da klopfte jemand an der Tür. Mit einem Licht in der Hand ging er öffnen. Da stand wieder eine kleine Gestalt, in Grün gekleidet, die ihn mit schriller Stimme, aber höflich aufforderte, die Mühle in Gang zu setzen, weil sie Getreide zu mahlen habe. Der Müller wagte es nicht, sich zu widersetzen, und tat, wie ihm geheißen. Dann sagte die kleine Person, er solle wieder zu Bett gehen, dort werde er eine Belohnung finden, nämlich zehn Goldstücke. Am Morgen fand er alles, was sie versprochen hatte. Soviel über die Ehrlichkeit der Feen.

*

Ein Schneider ging früh am Morgen zu einem Bauernhaus. Er hatte es eben erreicht und wollte eintreten, als er eine schrille Stimme rufen hörte: »Stehen geblieben! Auf der Stelle!«
Er sah sich um und bekam von einer kleinen Frau, die da stand, ein lächelndes Baby, das einen Monat alt war, in die Arme gedrückt. Der Schneider machte kehrt und rannte, so rasch er konnte, heim, denn Schneider sind immer sehr ängstlich. Er gab das Baby seiner Frau und ging dann zur Arbeit. Als er an das Bauernhaus kam, war dort alles in heller Aufregung. Die kleine grüne Feenfrau hatte nämlich ein menschliches Baby mitgenommen und dafür ihr eigenes Kind dagelassen, das sich nun bei der Frau des Schneiders befand. Vater und Mutter des Menschenkindes taten alles, um ihr Kind wieder zu bekommen ... vergebens.
Unterdessen wuchs das Feenkind beim Schneider heran. Als nun dieser eines Tages seinem Beruf nicht nachging, sondern allein zu Hause war, fing er ein Gespräch mit dem

Kind in der Wiege an. »Wo hast du deinen Dudelsack?« spricht der Schneider.

»Er liegt unter meinem Kopf«, erwidert das Kind in der Wiege.

»Dann spiel mir einen Tanz«, spricht der Schneider.

Gesagt, getan, der kleine Mann sprang aus der Wiege und begann wie toll im Zimmer herumzutanzen. Man hörte ein merkwürdiges Geräusch auf der Straße, und der Schneider fragte das Kind, wer das sei. Da rief das Kind: »Das sind meine Leute, die auf mich warten«, und entwischte durch den Schornstein. Der Schneider blieb mehr tot als lebendig zurück. Das Menschenkind aber brachten die Feen zurück. Die Amme, durch deren Unaufmerksamkeit es entführt worden war, wurde entlassen, die Frau des Schneiders aber von Feen und Menschen belohnt. »Ach«, sagte sie, wenn man sie auf den Wechselbalg ansprach, »das war doch so ein süßes kleines Ding.«

Der verlorene Reiter

Die Conan ist einer der schönsten Flüsse, die es im Norden von Schottland gibt. Es gibt viele hübsche sonnige Fleckchen an seinen Ufern, und viele Male bin ich als Kind durch seine Untiefen gewatet, habe dort nach Forellen und Aalen gefischt oder die dicken Perlmuscheln gesucht, die im Sand der Buchten zu finden sind. Tagsüber ist es schön an den bewaldeten Ufern, nicht so bei Nacht. Ich weiß auch, wie es dann ist. Es ist nicht so wie an der Aven, die durch wüstes Land fließt, nicht wie an der Foyers, die mit Schaum und Donner herabkommt, nicht so wie an der fürchterlichen Auldgraunt, die in Dunkelheit tief, tief unten sich durch die Gedärme der Erde wühlt. Aber mit keinem dieser Flüsse verbindet sich eine so schreckliche Geschichte wie mit der Conan.

Eine halbe Meile, ehe der Fluß ins Meer mündet, läuft man immer Gefahr, an einem jener Orte vorbeizukommen, an denen der Kelpie erscheint. Die Stelle, die am unheimlichsten aussieht, sind die Wälder um Conan House. Man betritt eine sumpfige Wiese, auf der Schilfkolben stehen; man sieht einen Hügel, auf dem wie auf einer Insel in der Mitte Weiden wachsen. Dichtes Unterholz wuchert auf beiden Seiten des Flusses. Es gibt dort einen alten Friedhof am Ufer mit der Ruine einer alten papistischen Kirche auf einer Anhöhe.

Vor etwa zweihundert Jahren – es könnte auch um weniges früher oder später gewesen sein, denn keiner kann bei solch alten Geschichten den Zeitpunkt genau angeben –, da stand das Gebäude noch unversehrt, und dort, wo

heute dichter Wald wächst, lagen Getreidefelder. Die
Spuren der Furchen sieht man noch heute zwischen den
Bäumen.
Eine Gruppe von Highländern war an einem bestimmten
Tag eifrig damit beschäftigt, das Getreide auf dem Feld zu
schneiden; es war gegen Mittag, und die Sonne schien hell,
als die guten Leute plötzlich eine Stimme aus dem Fluß
rufen hörten: »Die Stunde ist da, aber der Mann ist noch
nicht gekommen.«
Sie wandten sich um und sahen in der Furt vor der alten
Kirche einen Kelpie stehen. Flußaufwärts und flußab-
wärts ist das Wasser ein tiefer schwarzer Teich, aber an der
Furt sieht man auf dem Wasser eine hübsche Kräuselung,
so daß man denken könnte, das Wasser sei dort nicht sehr
tief, und eben dort, an der Stelle stand der Kelpie. Und
abermals sagte er: »Die Stunde ist da, aber der Mann ist
noch nicht gekommen.«
Er platschte durch das Wasser wie ein Enterich und verschwand in dem unteren Teich. Als die Leute mit aufgeris-
senen Mäulern dastanden und sich fragten, was das zu
bedeuten habe, sahen sie einen Reiter in großer Eile den
Hügel herabkommen und auf die Furt zureiten. Nun be-
griffen sie, was die Worte zu bedeuten hatten, und die vier
Kräftigsten unter den Männern rannten vom Feld auf den
Reiter zu, um ihn vor der Gefahr zu warnen und ihn zu-
rückzuhalten. Sie erklärten ihm, was sie gehört und gesehen hatten. Sie drängten ihn, umzukehren und eine andere
Straße zu nehmen, eine Stunde zuzuwarten oder ihnen
zu sagen, wer er sei. Aber er wollte davon nichts wissen.
Er glaubte ihnen nicht, offensichtlich war er in Eile. Die
Bauern aber umringten ihn, zogen ihn vom Pferd, und um
sicherzugehen, daß er nicht doch noch durch den Fluß
reite, schlossen sie ihn in der Kirche ein. Nun, als eine
Stunde herum war – länger als eine Stunde kann sich ein
Kelpie an Land nicht aufhalten –, öffneten sie die Tür wie-

der und riefen dem Eingeschlossenen zu, nun könne er seine Reise fortsetzen. Aber niemand gab Antwort, sie riefen ein zweites Mal, und wieder antwortete niemand. Da gingen sie hinein und sahen den Reiter steif und leblos am Boden liegen, mit dem Kopf im Wasser des Steintroges, den man heute noch in der Ruine sehen kann.
Seine Stunde war gekommen, ein Krampf hatte ihn überkommen, und er war in der Pfütze Wasser ertrunken.

Nuckelavee

Der Nuckelavee war ein Geist von unendlicher Boshaftigkeit, der niemals davon abließ, den Menschen Böses zuzufügen. Seine Heimat war die See, und welche Möglichkeiten er auch immer hatte, sich im Wasser zu verwandeln, wenn er sich an Land bewegte, sah man ihn auf einem Pferde. Manche meinten, Pferd und Reiter seien von Fleisch und Blut, aber das war eine Täuschung. Der Nuckelavee hatte einen Kopf wie ein Mensch, nur zehnmal größer, und ein Maul wie das eines Schweines, nur auch viel größer. Am ganzen Leib hatte das Ungeheuer kein einziges Haar, aus dem einfachen Grund, weil es auch keine Haut hatte.

Wenn Ernten vom Mehltau heimgesucht wurden, wenn Vieh über Felswände hinabstürzte, wenn die Menschen von Epidemien heimgesucht wurden, so war an all dem bestimmt der Nuckelavee schuld. Ihn machte man für langanhaltende Dürreperioden verantwortlich. Aus einem nicht bekannten Grund hatte er eine Abneigung gegen frisches Wasser, und man weiß, daß er sich bei Regen auf Land nie sehen ließ.

Ich kenne einen alten Mann, der dem Nuckelavee begegnet ist und mit knapper Not seinen Klauen entging. Dieser Mann war sehr zurückhaltend, aber nach einigem Bitten und Insistieren gelang es mir doch, ihm die nachstehende Erzählung zu entlocken.

Tammas war, wie sein Namensvetter Tam O'Shanter*, spät

---

* Tam O'Shanter ist der legendäre Held einer berühmten Ballade von Robert Burnes.

nachts unterwegs. Es war, obgleich kein Mond am Himmel stand, eine vom Sternenlicht erhellte Nacht. Tammas' Weg führte dicht an der Küste vorbei, und als er auf ein Wegstück kam, bei dem auf der einen Seite das Meer liegt und auf der anderen ein tiefer Frischwassersee, sah er ein riesiges Wesen auf sich zukommen. Was sollte er tun? Er war sich sicher, daß jene Erscheinung, die nicht von dieser Welt war, immer näher kam. Er konnte weder nach rechts noch nach links ausweichen, noch wollte er umkehren, weil er gehört hatte, es sei gefährlich, das Wesen im Rücken zu haben. Also sagte sich Tammie: »Der Herr steh mir bei und schütze mich, da ich in dieser Nacht ohne böse Absicht unterwegs bin.« Tammie galt als ziemlich hart und tollkühn. Jedenfalls sah er das kleinere von zwei Übeln darin, dem Feind entgegenzutreten, und also ging er resolut auf das Spukwesen zu.
Es war ihm bald klar, daß er den gefürchteten Nuckelavee vor sich hatte. Der untere Teil des Ungeheuers, so jedenfalls berichtet Tammie, sah aus wie ein riesiges Pferd, mit einem Maul breiter als das eines Wals, aus dem der Atem kam, der einem pfeifenden Dampfkessel glich. Der Nuckelavee hatte nur ein Auge, und das war rot wie Feuer. Auf dem Untergestell saß, oder vielmehr schien aus dem Rücken herauszuwachsen, ein riesiger Mann, ohne Beine und mit Armen, die fast bis auf den Erdboden reichten. Sein Kopf sah aus wie ein Knäuel von Strohseilen, und der Kopf sprang von einer Schulter zur anderen, und jedesmal schien es, als werde ihn das Geisterwesen im nächsten Augenblick ganz und gar verlieren. Was aber Tammie am meisten abstieß, war, daß das Ungeheuer keine Haut hatte.
Statt dessen war da überall nur rotes, rohes Fleisch, in dessen gelben Adern Blut schwarz wie Teer rann. Tammie, jetzt von tödlichem Schrecken überkommen, meinte eine dünne Schicht Eis zwischen Kopfhaut und Schädel zu verspüren, und kalter Schweiß rann ihm aus jeder Pore. Aber

er wußte, es war sinnlos zu fliehen, und er sagte sich, er werde lieber erleben, wie man ihn umbringe, statt seinem Feind den Rücken zuzuwenden. Bei all dem Schrecken erinnerte sich Tammie daran, daß er davon gehört hatte, der Nuckelavee habe eine Abneigung gegen frisches Wasser, und deshalb hielt er sich auf der Straßenseite, die dem Loch, dem See, am nächsten war.

Der ärgste Moment kam, als der untere Kopfteil des Monsters unmittelbar vor Tammie auftauchte. Das Maul wirkte wie eine bodenlose Grube. Tammie spürte, wie ihm Feuer ins Gesicht schlug und das Ungetüm seine langen Arme nach ihm ausstreckte. Um zu verhindern, daß das Geisterwesen ihn umkrallte, bewegte er sich zum See hin und spritzte mit einem Fuß frisches Wasser auf den Vorderfuß des Nuckelavee, worauf das Pferd einen Laut von sich gab, der wie Donner klang, und auf die andere Straßenseite auswich. Jetzt erkannte Tammie seine Chance, er rannte, so schnell er konnte, und das war gut, denn der Nuckelavee hatte gewendet und verfolgte ihn. Er gab dabei ein Bellen von sich, das wie das Brausen des Meeres klang. Vor Tammie lag nun ein Bachlauf, ein Ablauf vom Loch in das offene Meer. Tammie wußte, wenn er den Bach erreichte, war er sicher. Er spürte schon, wie nahe ihm der Nuckelavee gekommen war, wie er abermals seine Krallen nach ihm ausstreckte. Mit einem verzweifelten Sprung setzte Tammie über den Bachlauf. Der Nuckelavee bekam seine Mütze zu fassen und gab ein wildes Geheul enttäuschter Wut von sich, während Tammie am anderen Ufer erschöpft zu Boden sank.

Adam Bel, Clym of the Clough und William von Cloudesley

•~•~•~•

Lustig und vergnügt wird es einem ums Herz im grünen Wald, wo die Blätter üppig und breit gewachsen sind, wenn man dort ausschreitet im von einer Brise gekühlten Schatten und den Liedern der wilden Vögel lauscht.
Von drei munteren Freisassen auf dem nördlichen Land will ich euch erzählen: von Adam Bel, Clym of the Clough und von William von Cloudesley. Bogenschützen von bewährter Geschicklichkeit waren sie und Outlaws, Vogelfreie geworden wegen Wilddieberei. In der schönen Stadt Carlisle wohnten sie, schworen sich Bruderschaft und verzogen sich in den Wald. Zwei von ihnen waren ledig, Cloudesley jedoch besaß eine Frau, und mit feuchten Augen nahm er Abschied von der schönen Alice, während die Kinder an seinen Beinkleidern zerrten. Dann zog er mit seinen beiden Kameraden dem neuen Leben im Inglewood entgegen: drei gegen jeden anderen Mann auf der Welt, und jeder Mann gegen sie.
Sie machten aus diesem Leben das Beste und ernährten sich vom Wild des Königs und vom Wasser der Bäche, und hin und wieder wurde ein kleiner Junge, der in Cloudesley als Schweinehirte angestellt war, im geheimen zu ihnen geschickt. Der brachte ihnen dann, was sie an Lebensmitteln und Kleidung sonst noch nötig hatten.
Nach einer gewissen Zeit überkam Cloudesley das Heimweh, er dachte oft an seine junge Frau Alice und die Kinder, die er zurückgelassen hatte, und sprach zu den Genossen, er müsse einmal nach Carlisle, um seine Augen am Anblick seiner Familie zu ergötzen. Alice, wenn sie auch den kleinen Schweinejungen hin und wieder mit Lebens-

mitteln zu den Outlaws schickte, hielt es für unklug, Cloudesley eine Nachricht zu schicken, weil sie wohl wußte, daß man sie überwachte.

Da sagte Adam Bel zu ihm: »Wenn du auf meinen Rat hörst, gehst du nicht, Bruder, denn wenn dich jemand sieht und die Behörden dich ergreifen, geht es dir an den Kragen, und dein Leben hat ein Ende. Besser du bleibst hier und gibst dich damit zufrieden.«

Aber Cloudesley erwiderte: »Nein, gehen muß ich, und wenn ich bis Mittag des anderen Tages nicht zurückkehre, solltet ihr davon ausgehen, daß ich gefaßt und getötet worden bin.«

Als seine Kameraden merkten, daß nichts ihn würde zurückhalten können, sagten sie nichts mehr, und er machte sich, als es gegen Abend ging, auf den Weg.

Leichten Schrittes, aber das Herz voller Zweifel, ob es klug sei, wozu er sich entschlossen, schritt er tüchtig aus, bis er an das Tor von Carlisle kam. Er hatte sich verkleidet, passierte ohne Schwierigkeiten und hielt nicht inne, bis er unter dem Fenster seines Hauses stand und seine Alice an die Tür rufen konnte.

Als die erste Freude über ihr Wiedersehen sich gelegt hatte, sah ihn die schöne Alice nachdenklich an und sagte: »William, dir ist hoffentlich klar, daß dieses Haus seit einem halben Jahr und länger überwacht wird.«

Er aber erwiderte: »Da ich einmal da bin, bring mir zu essen und zu trinken, und laß uns fröhlich sein.«

Nun gab es da ein altes Weib im Kaminwinkel, die Cloudesley um der Nächstenliebe willen seit sieben Jahren in seinem Haus beherbergte. Diese schlaue, verfluchte Alte, die so lange bei ihm das Gnadenbrot gegessen hatte, ergriff die Gelegenheit, schlich sich heimlich zum Sheriff und hinterbrachte ihm, daß sich William in der Stadt aufhalte, und zwar in seinem Haus, wo es doch ein leichtes sein werde, ihn zu fangen.

Der Sheriff ließ die Glocke läuten, der Richter und er riefen ihre Leute zusammen und umstellten das Haus von allen Seiten. Da verschloß Cloudesley alle Türen, nahm sein Schwert, Köcher und Bogen, und mit seinen drei Kindern und der schönen Alice stieg er die Treppe hinauf in die obere Kammer, wo er, wie er hoffte, den anderen würde widerstehen können, und neben ihm stand sein angetrautes Weib, mit einer Zimmermannsaxt in der Hand.
Cloudesley spannte seinen Bogen, und der Pfeil sauste im Nu dem Richter gegen seinen Brustpanzer.
»Bedankt Euch bei dem Schurken«, murmelte Cloudesley, »der Euch in diesen Mantel gekleidet hat. Wäre er nicht dicker als jener, den ich trage, würdet Ihr jetzt nicht mehr sprechen.«
»Genug, Cloudesley«, rief der Richter, »leg deine Waffen fort.«
»Eines Fluches Licht auf den«, rief Alice, »der uns solches rät.«
Und sie hielten sie auf Distanz.
Cloudesley, der mit dem gespannten Bogen am Fenster stand, war, wie sie wußten, ein guter Bogenschütze, und so wagten sie es auch nicht, durch die Tür hereinzukommen.
»Legt Feuer an das Haus, es gibt keine andere Möglichkeit«, rief der Sheriff, und als sie es taten, züngelten bald die Flammen. Cloudesley aber öffnete ein Fenster nach hinten und ließ Frau und Kinder herab. Zu dem Sheriff aber sagte er: »Um der Liebe Christi willen, tut ihnen kein Leid an. Haltet Euch an mich.«
Und er ließ seinen Bogen spielen, bis alle Pfeile verschossen und die Hitze seine Bogensehne gesprengt hatte.
»Das ist ein feiger Tod«, rief er, »lieber wäre ich mit dem Schwert in der Hand gefallen.« Er warf seinen Bogen fort, sprang hinab und unter sie, schlug um sich, bis sie, indem

sie Türen und Fensterrahmen auf ihn warfen, ihn endlich überwältigten.

Dann banden sie ihn an Händen und Füßen, führten ihn ins Gefängnis, und der Richter verfügte, er solle am nächsten Morgen gehängt werden. Des Nachts verfügte er, daß alle Tore geschlossen zu halten waren, damit keiner in die Stadt hereinkönne. Der Richter fürchtete nämlich, daß Adam Bel und Clym of the Clough versuchen würden, ihren Kameraden zu befreien, ehe er am Galgen aufgeknüpft wurde.

»Nein, weder Adam Bel noch Clym noch die Teufel in der Hölle«, schwor der Richter, »sollen ihn diesmal vor dem Strang retten.«

Früh am Morgen wurden auf dem Markt ein Paar neue Galgen errichtet, und die Tore von Carlisle blieben geschlossen.

Alice aber wußte sich keinen anderen Rat, als den kleinen Schweinehirten auszuschicken. Der zwängte sich durch einen Spalt in der Stadtmauer und verlor keinen Augenblick, um die beiden anderen Outlaws aufzuspüren, die sich im grünen Wald verborgen hielten.

»Zu lang, zu lang«, rief er, »seid ihr beiden guten Männer hier verweilt. Cloudesley ist gefangen, und morgen werden sie ihn an einem neuen Galgen auf dem Marktplatz hängen.«

»Er könnte hier froh und munter bei uns sein, wenn er auf mich gehört hätte«, sagte Adam Bel, »nun werden wir Mühe haben.«

Er nahm seinen Bogen in die Hand, und ein Rehbock, der aufsprang, stürzte gleich darauf zu Boden.

»Das soll unser Frühstück sein. Und nun los. Bring mir meinen Pfeil, Junge, denn deren werden wir viele brauchen.«

Als nun die beiden Vogelfreien gegessen hatten, legten sie ihre Schwerter an, nahmen Pfeile, Bogen und Köcher und schritten durch den schönen Maimorgen aus, bis sie die Tore von Carlisle erreicht hatten.

»Wir müssen uns eine List ausdenken, um hineinzukommen«, sagte Clym of the Clough, »laßt uns uns als Boten des Königs ausgeben.«

»Ich habe einen schönen Brief«, rief der andere, »laßt uns behaupten, er käme vom König, der Torwächter kann bestimmt nicht lesen.«

Sie klopften laut ans Tor, und der Wächter, als er hörte, sie trügen des Königs Siegel bei sich, ließ sie ohne weiteres herein.

»Jetzt sind wir zwar drinnen«, flüsterte Adam Bel, »die Frage ist nur, wie wir schließlich mit heiler Haut wieder hinauskommen.«

»Am besten, wir bringen uns in den Besitz der Schlüssel«, meinte Clym.

Sie winkten den Wächter heran, packten ihn am Nacken und warfen ihn zu Boden. Sie fesselten ihn und legten ihn in einer düsteren Ecke der Wachstube ab.

»Jetzt bin ich Torwächter hier«, rief Adam, »der ärgste, den sie in Carlisle seit hundert Jahren gehabt haben.«

Darauf gingen sie zum Marktplatz und stellten sich so hin, daß niemand sie beachtete. Sie sahen den Galgen, und der Richter hatte eben dem Delinquenten sein Todesurteil verlesen. Und da stand nun der arme Cloudesley auf einem Karren, an Händen und Füßen gebunden und mit einem Strick um den Hals.

Der Richter rief einen Jungen und versprach ihm des Outlaws Kleider, wenn er schon einmal anfange, das Grab auszuheben. Cloudesley aber blickte sich um und erkannte seine beiden Gefährten. Da sprach er zum Richter: »Solch ein Wunder ist hier geschehen, daß ein Mann, der ein Grab für einen anderen gräbt, am Ende selbst wird darin zu liegen kommen.«

»Dir wird dein Hochmut bald vergehen«, erwiderte

der Richter, »hängen will ich dich, Bursche, mit eigener Hand.«
Ein Pfeil sauste heran und traf ihn, und ein zweiter warf den Sheriff zu Boden. Die Menge stob auseinander. Adam aber rannte zum Karren und befreite Cloudesley von seinen Fesseln. Der entrang einem Mann eine Axt. Eine Panik entstand, die Glocken wurden geläutet, Hörner geblasen, und der Bürgermeister, mit einer starken Streitmacht, mit Keulen und Schwertern bewaffnet, erschien auf der Szene.
Als die drei Gefährten sahen, daß sie der Übermacht nicht gewachsen waren, wichen sie zum Stadttor zurück, und als sie nicht länger ihre Bogen benutzen konnten, griffen sie zu ihren Schwertern, bis sie sich endlich zum Tor durchgeschlagen und es aufgestoßen hatten. Und als sie draußen waren, warf Adam Bel den Leuten des Bürgermeisters die Schlüssel an den Kopf und rief: »Ich geb mein Amt auf. Ich bitte euch, gute Leute, wählt einen neuen Torwächter.«
Und ohne noch lange zu schauen, was da geschah, waren sie auf und davon in den Inglewood, wo Cloudesley die schöne Alice und die Kinder antraf, die schon gemeint hatten, er sei tot. Da freuten sich alle sehr, und ihre Herzen schlugen rascher.
Als sie nun gut gegessen und getrunken hatten, sprach Cloudesley zu den anderen: »Brüder, laßt uns geradewegs nach London zu unserem König gehen und dort um Gnade bitten. Alice und die beiden Jüngsten sollten Zuflucht nehmen in einem Kloster, meinen ältesten Sohn aber nehme ich mit.«
Und also kamen sie nach London und drangen bis zum König vor, indem sie sich am Torwächter einfach vorbeischoben und an den anderen Wächtern auch. Und als sie jemand fragte, was sie denn eigentlich wollten, sagten sie, vom König einen Friedensbrief, und weit genug seien sie gereist deswegen.

Als sie nun vor dem König standen, fielen sie auf die Knie, wie es Sitte war im Land, und jeder hielt seine Hand erhoben, und sie sprachen: »Herr, wir erbitten Gnade von Euch, denn wir haben Euer Hoheit Rehe erlegt.«
»Wie heißt ihr?« fragte der König.
»Adam Bel, Clym of the Clough und William Cloudesley.«
»Ah! Ihr seid Wilddiebe«, erwiderte der König, »von euch habe ich immer wieder gehört. Macht euer Testament, ihr Herren. Ich werde sofort veranlassen, daß man euch hängt.«
»Wir bitten Eure Majestät«, sagten sie, »daß wir mit unseren Waffen in der Hand diesen Ort verlassen dürfen. Eine andere Gnade fordern wir nicht.«
»Ihr sprecht reichlich hochmütig«, entgegnete der König, »nichts da! Ihr werdet alle drei hängen.«
Als nun die Königin die Geschichte von den drei Bogenschützen hörte, die eine so weite Reise unternommen hatten, um ihren Herrn, den König, zu sehen, bat sie diesen, ihr das Versprechen zu erfüllen, das er ihr bei ihrer Hochzeit gegeben hatte, daß sie sich nämlich einmal etwas ausbitten dürfe und er es auf alle Fälle erfüllen müsse. So bat sie also um das Leben dieser drei Outlaws statt um Marktflecken, Schlösser oder Wälder, und der König sprach: »Gut, Madame, ich halte mein Wort. Diese Männer gehören Euch!«
»Mein Herr«, sagte sie, »vielen Dank. Ich wette darum, daß sie noch gute Männer werden, die Euch aufrichtig und treu dienen.«
»Ihr seid begnadigt«, sprach der König, »geht jetzt. Wascht euch, und dann setzt euch an die Tafel und eßt mit von dem Braten.«
Ein schlauer Mann war William von Cloudesley, der an die schöne Alice und seine Kinder dachte, und deswegen bat er darum, daß die Stadt Carlisle einen Boten nach Lon-

don sende, damit man daheim ohne Verzug erfahre, was der König angeordnet hatte, und kaum saßen die drei an der königlichen Tafel, vor sich einen Braten aus der königlichen Küche, da kam auch schon eine Post aus dem Norden.

Die Boten knieten nieder, zeigten ihr Schreiben vor und sprachen zum König: »Herr, Eure Beamten in Carlisle im Norden grüßen Euch!« Und als der König das Siegel erbrach, wurde er traurig, denn er wußte nun, daß diese drei Männer da, die er gerade begnadigt, denen er Gelegenheit gegeben hatte, sich zu waschen, die er bewirtet hatte, über dreihundert seiner Untertanen, darunter den Richter und den Sheriff, den Bürgermeister und andere erschlagen, seine Parks verwüstet, sein Wild getötet und das ganze Land in Furcht und Schrecken versetzt hatten.

»Tragt den Braten ab!« rief der König. »Ich mag nichts mehr essen. Was sind das für Bogenschützen, die dererlei mit ihren Waffen anrichten können? Weib, so geht das nicht. Ich will, daß man sie erschießt.«

Und der König befahl, daß seine Bogenschützen kamen, um sich mit den Outlaws zu messen. Adam Bel, Clym of the Clough und William von Cloudesley und die Schützen des Königs und der Königin zeigten ihr Können, aber die drei Männer aus dem Norden trafen wie kein anderer. Sie siegten in allen Wettbewerben, und es erhob sich ein großes Staunen über dererlei Schießkunst.

Aber William von Cloudesley sprach: »Euer Majestät haben gewiß keinen Schützen, der ein so weit entferntes Ziel trifft, wie ich in der Lage bin.«

»Wie meinst du das?« fragte der König.

»Ich meine eine Zielscheibe, wie sie die Leute bei uns benutzen.«

Und der König forderte ihn auf, zu zeigen, was er meinte.

Da nahm Cloudesley zwei Haselruten in die Hand,

steckte sie zweihundert Schritt voneinander entfernt in den Boden und sprach zu dem König: »Wer diese beiden Stecken spaltet, der darf sich wohl zu Recht ein guter Bogenschütze nennen.«

Keiner der Männer des Königs erhob seine Stimme oder machte ein Zeichen, vielmehr schwiegen alle still und senkten die Köpfe, und der König sagte: »Ist denn da niemand, der solches vermag?«

»Ich werde es versuchen«, sagte Cloudesley und trat plötzlich vor. Er legte einen Pfeil auf, hob den Bogen in Höhe seines Kopfes, schoß, und der Pfeil durchschlug beide Ruten.

»Du bist der beste Bogenschütze, den ich je gesehen habe«, rief der König begeistert aus.

»Einen Augenblick, Herr«, sagte Cloudesley. »Ich möchte Euer Majestät noch etwas zeigen. Hier ist mein kleiner Sohn, sieben Jahre alt, lieb genug seiner Mutter und mir. Kummer verließe unsere Herzen nie mehr, wenn ihm etwas zustoßen würde. Und nun seht: Ich binde ihn dort an den Stamm, lege einen Apfel auf seinen Kopf und werde aus hundertzwanzig Schritt Abstand den Apfel in zwei Teile spalten.«

Keiner wollte glauben, daß Cloudesley den Mut und die Standfestigkeit aufbringen werde, eine solche Tat zu wagen. Aber er rief seinen Sohn, band ihn mit dem Rücken ihm zugewandt an den Pfosten; dann schritt er die genannte Strecke ab. Cloudesley verharrte einen Augenblick regungslos, alle hielten den Atem an, und manch einer unter den Anwesenden betete für den Schützen. Einige weinten gar. Dann legte er den Pfeil auf seinen guten Bogen, und im nächsten Augenblick fiel der Apfel in zwei Hälften geteilt zu Boden, ohne daß dem Kind ein Haar gekrümmt worden wäre.

»Gott behüte«, rief der König, »daß du je auf mich schießt. Ich kann gut begreifen, daß meine Männer in Carlisle auf und davon liefen vor solch einem Feind. Ich habe dich hart geprüft, William. Du bist ein außergewöhnlich guter Bogenschütze. Ich zahle dir achtzehn Pence am Tag, gebe dir Kleider und mach aus dir einen Edelmann, und du sollst der Oberste Förster in meinem Wald im Norden sein, und deine beiden Genossen will ich auch adeln. Deinen kleinen Sohn, der dir so teuer ist, will ich in meinem Weinkeller beschäftigen, und wenn er ein Mann geworden ist, will ich ihn noch mehr auszeichnen.«

So sprach der König, und die Königin befahl, daß Alice nach London an den Hof geholt werden sollte, und dort wurde sie als Kinderfrau angestellt.

So gewannen auch die beiden Gefährten viel durch die Meisterschaft des William von Cloudesley und die Gnade der Königin, und nachdem sie eine Pilgerfahrt nach Rom unternommen hatten, verfügte der Heilige Vater die Vergebung aller Sünden gegen Gott, und sie kehrten in ihr eigenes Land zurück und lebten hinfort, wie es sich für Untertanen des Königs gehörte.

Die blaue Mütze

Es war einmal ein Fischer in Kintyre, der hieß Ian MacRae. An einem Wintertag, als es keinen Zweck hatte, zum Fang auszufahren, weil die See zu stürmisch war, wollte Ian einen neuen Kiel für sein Boot anfertigen, und er ging in die Wälder zwischen Totaig und Glenelg, um einen großen Stamm dafür auszusuchen.
Er hatte kaum damit begonnen, sich umzusehen, als dichter weißer Nebel von den Bergen herabkam und zwischen die Bäume kroch.
Nun befand sich Ian ziemlich weit von seinem Haus entfernt, und als der Nebel fiel, war er vor allem darum bekümmert, so rasch wie möglich heimzukommen, hatte er doch keine Lust, sich zu verlaufen und eine kalte Nacht im Freien zu verbringen.
Er folgte also dem Pfad, den er gerade noch erkennen konnte und von dem er annahm, er werde ihn zurück nach Ardelve bringen.
Aber bald sah er, daß er sich getäuscht hatte, denn der Pfad führte aus dem Wald heraus in eine seltsame Landschaft. Und als die Dunkelheit fiel, merkte er, daß er sich hoffnungslos am Gebirgshang verlaufen hatte.
Er wollte sich gerade in sein Plaid hüllen und unter einen Heidestrauch kriechen, als er in der Ferne ein schwaches Licht schimmern sah. Er ging forsch darauf zu, und als er näher kam, erkannte er, daß der Lichtschein aus dem Fenster eines Steinunterstandes kam, wie ihn die Bauern benutzen, wenn sie bei ihren Herden auf den Sommerweiden bleiben. »Hier werde ich ein Lager für die Nacht bekom-

men, und ein gutes Torffeuer dürfte es wohl auch geben«, dachte Ian und klopfte an die Tür.
Zu seinem Erstaunen antwortete niemand.
»Es muß doch aber jemand drinnen sein«, überlegte er, »eine Kerze zündet sich schließlich nicht von allein an.« Er klopfte ein zweites Mal an die Tür. Wieder kam keine Antwort, obgleich er von drinnen nun Stimmen hörte. Darüber wurde Ian zornig, und er rief: »Was seid ihr nur für seltsame Leute, daß ihr einem wegmüden Fremden in einer Winternacht keine Zuflucht geben wollt?«
Da hörte er Füße schlurfen, und die Tür wurde gerade so weit geöffnet, um eine Katze hereinzulassen. In dem Spalt aber zeigte sich eine alte Frau, die ihn scharf musterte.
»Ich denke, du kannst die Nacht über hierbleiben«, sagte sie nicht sehr freundlich, »es gibt kein anderes Haus weit und breit. Also komm herein, und leg dich vor den Herd.«
Sie öffnete die Tür etwas weiter. Ian betrat den kleinen Unterstand, und sofort hinter ihm schlug sie die Tür wieder zu. Im Herd brannte ein gutes Torffeuer, und zu beiden Seiten saß noch je eine alte Frau. Die drei Alten sprachen kein Wort zu Ian, aber jene, die ihm die Tür aufgemacht hatte, führte ihn zum Herd, wo er sich in sein Plaid rollte. Er konnte nicht einschlafen, denn es war ihm unheimlich in dem kleinen Unterstand, und er dachte: Besser du hältst deine Augen auf. Nach einer Weile erhob sich eine der alten Frauen. Offenbar glaubte sie, ihr ungebetener Gast sei inzwischen eingeschlafen. Sie ging zu einer großen hölzernen Kiste, die in einer Ecke des Raumes stand. Ian hielt den Atem an und sah, wie sie den schweren Deckel hochklappte, eine blaue Mütze herausnahm und sie aufsetzte. Dann rief sie mit knarrender Stimme: »Carlisle!« Und zu Ians Erstaunen war sie darauf verschwunden. So ging das auch bei den beiden anderen alten Weibern. Ein jedes stand auf, holte eine blaue Mütze aus der Kiste, rief »Carlisle!« und hatte sich im nächsten Augenblick in Luft

aufgelöst. Sobald er ganz allein war, stand Ian auf und ging zu der Kiste. Drinnen fand er noch eine weitere blaue Mütze, die genauso aussah wie die anderen, und da er neugierig war zu erfahren, in welche Welt die drei Hexen davongefahren waren, zog er die Mütze an und rief laut, wie er es von ihnen gehört hatte: »Carlisle!«
Sofort wichen die Steinmauern des elenden Unterstands zur Seite, und es war Ian, als schieße er mit großer Geschwindigkeit durch die Luft. Dann stürzte er mit einem Bumms zu Boden, und als er sich umschaute, sah er, daß er in einem riesigen Weinkeller stand, wo die drei alten Weiber ausgelassen zechten. Als sie aber Ian sahen, hörten sie sofort auf und riefen: »Kintail, Kintail! Wieder zurück!«
Sofort waren sie verschwunden.
Ian verspürte kein Verlangen, ihnen auch diesmal wieder zu folgen, denn in dieser Umgebung gefiel es ihm. Er betrachtete alle Kruken und Flaschen sorgfältig, nahm hier und dort einen Schluck, bis er in eine Ecke schwankte und in tiefen Schlaf verfiel.
Nun war es aber so, daß der Weinkeller, in den Ian auf so geheimnisvolle Weise gelangt war, dem Bischof von Carlisle gehörte und unter dessen Palast in England lag. Am Morgen kamen Diener des Bischofs in den Keller hinunter und erschraken, als sie die leeren Flaschen sahen, die am Boden herumlagen. »Es haben schon öfter Flaschen aus den Regalen gefehlt«, sagte der Steward, »aber so schandbar hat sich der Dieb hier unten noch nie aufgeführt.«
Dann entdeckten die Diener Ian, der immer noch in der Ecke lag und schlief, und immer noch hatte er die blaue Mütze auf dem Kopf.
»Da ist der Dieb! Da ist der Dieb!« riefen sie. Ian wachte auf, sie banden ihm die Arme auf den Rücken, legten ihm an den Fußknöcheln Fesseln an und zerrten ihn fort wie eine Gans, die auf den Schlachtklotz soll.

Der Gefangene wurde vor den Bischof gebracht, und ehe man ihn vor den Thron des hohen Herrn führte, riß man ihm die Mütze vom Kopf, denn es war ein Zeichen der Mißachtung, wenn ein Mann mit einer Mütze den Palast betrat. Ian wurde also verhört und dem bischöflichen Gericht vorgeführt, das ihn zum Tod auf dem Scheiterhaufen verurteilte.
Auf dem Marktplatz von Carlisle häufte man einen großen Holzstoß und band den armen Sünder darauf fest. Und viel Volk versammelte sich, um zu sehen, wie der Mann durch das Feuer zu Tode kam. Ian hatte sich schon in sein schlimmes Schicksal gefügt, als er plötzlich einen guten Einfall hatte. »Eine letzte Bitte!« rief er. »Ich will nicht ohne meine blaue Mütze in die Ewigkeit eingehen.«
Seine Bitte wurde ihm gewährt, und man setzte ihm die blaue Mütze auf den Kopf. Kaum aber fühlte Ian, daß man sie ihm aufgesetzt hatte, da warf er einen verzweifelten Blick auf die Flammen, die schon unter seinen Zehenspitzen züngelten, und rief so laut er konnte: »Kintail, Kintail! Wieder zurück!«
Und zum großen Erstaunen der guten Leute von Carlisle waren Ian und der Holzstoß in eben diesem Augenblick verschwunden und wurden in England nie mehr gesehen.
Als Ian wieder zu sich kam, befand er sich in den Wäldern zwischen Totaig und Glenelg, aber von dem alten Unterstand, in dem die drei Hexen gesessen hatten, war keine Spur mehr zu sehen. Es war ein schöner Tag nach einer Nacht mit Nebel, und Ian sah einen alten Bauern auf sich zukommen. »Würdest du mich von diesem elenden Holzstoß losbinden?« bat Ian den alten Mann.
Der Bauer tat, wie ihm geheißen.
»Aber wie in aller Welt ist es dazu gekommen, daß man dich da festgebunden hat?« fragte er dann. Ian betrachtete den Stoß schuldbewußt, aber dann sah er, daß es gutes,

festes Holz war, und es fiel ihm plötzlich wieder ein, weshalb er überhaupt von zu Haus fortgegangen war.

»Ach, das ist eine Lage Holz, die ich zusammengetragen habe, um einen neuen Kiel für mein Fischerboot zu machen«, erwiderte er, »der Bischof von Carlisle selbst hat es mir gegeben.« Und als der Bauer ihm den rechten Weg nach Ardelve gewiesen hatte, ging Ian fröhlich pfeifend heim.

Die Geschichte von Sir James Ramsay von Banff

Nun, ihr versteht, wie die Geschichte anfing, kümmert mich nicht allzu sehr. Aber dieser Sir James Ramsay von Banff soll zu dieser Zeit einer von den Verschwörern gewesen sein. Er wurde seines Besitzes beraubt und selbst aus dem Land verbannt, und es wurde ein Preis auf seinen Kopf ausgesetzt, falls er zurückkomme.

Er mag nach Frankreich gegangen sein oder nach Spanien, wohin genau, da bin ich nicht so sicher, aber jedenfalls war er übel dran. Eines Tages spazierte er so durch den Wald und traf einen alten Mann mit einem langen Bart, der elegant gekleidet war und respektabel wirkte. Der Mann sah Sir James scharf an, und dann meinte er, er sehe schlecht aus und sei wohl ziemlich betrübt, er sei ein Arzt, und wenn ihm Sir James seine Beschwerden schildere, könne er vielleicht etwas für ihn tun.

Sir James erklärte ihm, er sei nicht krank, aber er habe wenig zu essen, und alle Medizin, die er nötig habe, sei, das Leben eines Gentleman führen zu können. Der alte Doktor sagte ihm, er wolle ihn zu einem Gehilfen bringen, bei dem könne er wohnen, an seinem Tisch essen und dessen Beruf erlernen. Also ging Sir James dorthin mit ihm und wurde freundlich behandelt. Nachdem er nun eine Weile dort war, sagte ihm eines Tages der Meister, jetzt werde er ihn lehren, die großartigste Medizin zuzubereiten, eine Medizin, mit der sich ein Vermögen verdienen lasse. Es sei aber schwierig, die Zutaten dazu zu erhalten, und zwar könne man sie nur aus einem Fluß holen, der durch eine bestimmte Grafschaft in Schottland fließe. Er sagte auch, um welche Grafschaft es sich handelte, aber darüber schweige ich. Es bedürfe dazu einer schlauen Person, die sich in dieser Gegend gut auskenne. Sir James erwiderte, niemand kenne diesen Teil des Landes besser als er. Er kenne ihn geradezu wie das dunkle Innere seiner Hosentasche, denn der Fluß fließe durch seinen Besitz in Banff, und er sei willens, das Risiko einzugehen und heimzureisen, um seinem Meister den Gefallen zu tun, aber auch, um mal zu schauen, wie es daheim aussehe.

Da gab ihm der Doktor genaue Anweisungen, was er zu tun habe und wie er die Medizin am besten benutzen könne. Er sollte zu einem Abschnitt des Flusses gehen, wo es einen großen Teich gab, und sich an drei Nächten bei Vollmond hinter einem großen Baum verstecken. Dann werde eine weiße Schlange aus dem Wasser kommen und unter einen großen Stein kriechen. Diese Schlange solle er töten und dann herbringen.

Nun, Sir James tat, wie ihm geheißen. Er verkleidete sich, reiste zurück nach Schottland, begab sich nach Banff und tauchte dort auf, ohne daß ihn einer erkannte. Er verbarg sich hinter den Bäumen am Ufer und beobachtete den Fluß Nacht für Nacht. In den ersten zwei Nächten sah er die Schlange aus dem Fluß kommen und unter den Stein kriechen, aber ehe er sie fangen konnte, war sie schon wieder ins Wasser geglitten, doch in der dritten Nacht fing er sie und brachte sie zu seinem Lehrherrn und Meister nach Spanien. Der Meister war sehr froh darüber, aber danach war er zu Sir James gar nicht mehr so freundlich wie zuvor. Er sagte ihm, als nächstes müsse die Schlange gekocht werden, und schickte sich an, dies zu tun. Er legte also die Schlange in einen Kessel und ließ sie darin schmoren, bis sie zu Öl geworden war. Er sagte auch, es dürfe ihnen niemand dabei zusehen, sonst sei der Zauber gebrochen, und wenn er zufällig von der Medizin kosten würde, brächte ihn das auf der Stelle um, sofern er nicht das rechte Gegenmittel dazu habe. Sir James trat also an den Kessel und schickte sich an, die Medizin gerade so zuzubereiten, wie ihm geheißen, aber als er sie aus der Pfanne in ein Gefäß schüttete, in der sie verwahrt werden sollte, ließ er ein paar Tropfen auf seinen Finger fallen. Das schmerzte. Er steckte den Finger in den Mund, um den Schmerz zu lindern. Er starb zwar nicht, aber als sein Herr und Meister zur gegebenen Zeit kam, um zu schauen, ob die Medizin fertig sei, stellte Sir James fest, daß er auch durch dessen Leib hindurchsehen und erkennen konnte, was sich in den Organen des Körpers abspielte. Er sagte kein Wort davon. Das war klug, denn bald stellte sich heraus, daß sein Meister ein böser Mensch war, der ihn, hätte er gewußt, daß er das Geheimnis der Medizin kannte, umgebracht haben würde. Er war zuvor zu Sir James nur so freundlich gewesen, weil er der beste Mann war, um die Schlange zu fangen. Allerdings wurde Sir James unter ihm ein erfahrener Arzt, und schließlich gelang es ihm auch, davonzulaufen. Also reiste er durch die Welt, und es gelangen ihm viele Wunderheilungen, weil er ja durch die Leute hindurchsehen konnte. Er hatte zwar Angst, nach Schottland zurückzukehren, aber er sagte sich, als Doktor würde ihn wohl niemand erkennen. Also wagte er es, und als er heimkam, hörte er, daß der König sehr krank sei und daß niemand habe herausfinden können, was ihm fehle. Er hatte schon alle Ärzte in Schottland durchprobiert, und dann waren welche von fern und nahe gekommen – alles vergeblich. Also hatte er bekanntgeben lassen, wer immer ihn heile, solle die Prinzessin zur Frau bekommen. Sir James ging also zu Hofe und bat, seine Kunst versuchen zu dürfen. Als er vor dem König stand, sah er, daß der einen Knäuel Haare in seinem Leib hatte, an das man mit keiner Medizin herankam. Nun, der König hatte Vertrauen zu ihm, und Sir James versetzte den König in einen tiefen Schlaf und schnitt das Haarknäuel heraus. Und als der König wieder aufwachte, war er seine Beschwerden los, nur noch etwas schwach durch den Blutverlust war er. Er war sehr zufrieden mit dem Doktor, und also kniete Sir James vor ihm nieder und sagte ihm, wer er war. Und der König begnadigte ihn und gab ihm seine Ländereien zurück und natürlich die Prinzessin zur Frau.

Burke und Hare

In den alten Tagen, in denen die Ärzte und Studenten Leichen zum Sezieren brauchten, bot Doktor Knox im Cannongate in Edinburgh zehn Pfund und mehr für einen Toten. Eine große Anzahl von Erntearbeitern kamen zu dieser Zeit aus Irland herüber, und zwei von ihnen ließen sich in Tanner's Close, nahe dem Grass Market von Edinburgh, nieder. Die beiden hießen Burke und Hare. Sie waren Männer ohne jegliches menschliches Mitgefühl und bereit, für Geld alles zu tun. Burke war verheiratet, und seine Frau hauste bei ihnen in ihren zwei dunklen und schmutzigen Löchern.

Eine junge Frau vom Land, die Magd bei einem Bauern gewesen war, wurde von ihren Eltern davongejagt und suchte Zuflucht in Edinburgh. Sie kam bei Leuten unter, die nicht weit von Tanner's Close wohnten. Ihr Name war Mary Paterson, und sie geriet in schlechte Gesellschaft und fing bald an zu trinken. Ihr Herz war gebrochen, und sie trank, um ihre Sorgen zu vergessen.

Als Burke und Hare hörten, daß Dr. Knox Leichen kaufe, gingen sie zu ihm und fragten ihn, was sich damit verdienen lasse, und er versprach ihnen zehn Pfund. Darauf trafen sie sich mit Mary Paterson in einer Schenke, und Frau Burke lud Mary nach Tanner's Close auf ein Glas ein.

Sie gingen mit ihr dort hin, gaben ihr Schnaps, bis sie betrunken war, dann warfen sie sie auf ein Bett und erdrosselten sie.

Sie schafften die Leiche zu Dr. Knox und bekamen ihre zehn Pfund. Nicht lange danach kam wieder einmal eine

kleine Frau vom Land in die Stadt, um dort einzukaufen. Auch sie trank gern und wurde nach Tanner's Close eingeladen. Sie war eine helle, fröhliche Frau, die gern Lieder sang und dabei trank. Sie gaben ihr soviel, daß sie betrunken war, und brachten sie um, und es dauerte nun nicht lange, da betrieben Burke und Hare und Mrs. Burke einen eifrigen Handel mit Leichen.
Zu dieser Zeit trieb sich ein Junge, der einfach Jimmy gerufen wurde, in den Straßen herum, auf der Suche nach einer Kruste Brot oder sonst irgend etwas, womit er seinen Hunger stillen konnte. Er kannte sich in der Stadt gut aus und war immer bereit, dort mit Hand anzulegen, wo es einen Penny zu verdienen gab.
Burke und Hare hatten häufig Leichen abzuschleppen, die am Tag davor unter die Erde gekommen waren. Sie hatten einen Karren gemietet, der von einem Esel gezogen wurde, und schafften wieder einmal eine Leiche durch die nächtliche Stadt, als das Zugtier seinen Geist aufgab. Sie fürchteten, entdeckt zu werden. Also spannten sie den toten Esel aus, legten sich selbst ins Geschirr und zogen so den Karren mit der Leiche nach Hause.
Kurz darauf fingen sie an, sich nach einem neuen Opfer umzusehen, und kamen auf die Idee, sie könnten es mit Jimmy versuchen. Der Junge war hungrig, und sie baten ihn herein und fragten ihn, ob er eine Tasse Tee wolle. Nun, er sagte nicht nein. Sie gossen etwas Whisky in den Tee, aber Jimmy sagte ihnen, er möge keinen Whisky. Nur einen kleinen Tropfen, sagten sie. Burke war nicht dafür, sich an Jimmy heranzumachen, weil er fürchtete, man könnte ihn auf den Straßen vermissen, aber Hare warf den Jungen auf das Bett und wollte ihn erdrosseln. Doch Jimmy war stark, und Hare schaffte es nicht, allein mit ihm fertig zu werden. Burke mußte ihm zu Hilfe kommen, und endlich brachten sie es gemeinsam dahin, daß der Junge seinen letzten Schnaufer tat. Tatsächlich wurde der Junge ver-

mißt. Die Spur führte nach Tanner's Close. Die beiden Männer wurden verhört und angeklagt. Hare kam als Kronzeuge frei, doch die Polizei mußte ihn schützen, und er mußte Edinburgh verlassen, sonst hätte die Menge ihn ihn Stücke gerissen. Er kehrte nach Irland zurück. Man sagte später, daß der junge Mann, der ihn schließlich ermordete, sein Sohn gewesen sei, der nicht wußte, daß sein Opfer sein Vater war.
Seit jener Zeit, in der sich diese Geschichte zutrug, wurden Friedhöfe nach einer Beerdigung eine gewisse Zeitlang bewacht.

*

In einer dunklen Nacht hielt vor einem Gasthof am Weg ein zweirädriger Wagen. Darinnen saßen zwei Männer und eine Frau. Die Frau saß zwischen den beiden Männern, eine Kapuze über dem Kopf und das Gesicht mit einem Schleier verhüllt. Die Männer stiegen aus, die Frau blieb sitzen. Die Männer gingen in den Gasthof, um etwas zu trinken. Ein Knecht hatte im Stall zu tun. Er beobachtete das merkwürdige Gefährt, und als er sah, daß die Frau da ganz allein sitzen blieb, ging er hin und sagte: »Es ist eine kalte Nacht heute!« Er bekam keine Antwort. Er sagte noch einmal etwas zu ihr, und abermals antwortete sie nicht. Da sah er sie sich näher an und entdeckte, daß es eine Leiche war. Er stieg aus, nahm sie auf den Rücken und trug sie in den Stall, nahm ihr die Verkleidung ab und legte sie selbst an. Dann setzte er sich in den Wagen, steif aufrecht, gerade wie die Frau dagesessen hatte, und als die Männer herauskamen und ihre Plätze rechts und links wieder einnahmen, hielten sie ihn tatsächlich für die Frau. Nachdem sie eine Weile gefahren waren, sagte einer der Männer zu dem anderen: »Merkst du, wie warm der Leichnam ist?« Der andere sagte: »Das ist mir auch gerade aufgefallen.« Da begann der Knecht zu sprechen und sagte: »Wenn ihr so lange in der Hölle gewesen wäret wie ich, wäre euch auch warm!« Das reichte. Die Männer sprangen aus dem Wagen und rannten um ihr Leben. Der Knecht sah sie nie wieder, er wendete den Wagen und fuhr zu dem Gasthof zurück. Er behielt Pferd und Wagen, und niemand kam je, sein Eigentum zurückzufordern.

Tam Lin

Die schöne Janet war die Tochter eines Grafen aus dem Unterland, der in seinem grauen Schloß inmitten grüner Wiesen wohnte.
Eines Tages wurde es dem Mädchen zu langweilig, immer nur in ihrem Zimmer zu nähen oder mit den Hofdamen ihres Vaters Schach zu spielen. So nahm sie einen grünen Umhang über die Schulter, flocht ihr gelbes Haar zu Zöpfen und ging aus, um die Wälder von Carterhaugh zu durchstreifen.
Sie wanderte bei Sonnenschein durch ruhige, grasbewachsene Täler voller grüner Schatten, wo Heckenrosen wucherten und Glockenblumen wuchsen. Sie streckte ihre Hand aus, pflückte eine blasse Rose und steckte sie an ihre Hüfte. Kaum aber hatte sie die Blume vom Strauch gebrochen, da trat ein junger Mann auf den Pfad vor ihr.
»Wie kannst du es wagen, die Rosen von Carterhaugh zu pflücken und hier ohne Erlaubnis herumzulaufen?« fragte er Janet.
»Ich habe mir nichts Böses dabei gedacht«, antwortete ihm das Mädchen.
»Ich bin der Wächter dieser Wälder und muß aufpassen, daß niemand ihren Frieden stört«, sagte der junge Mann. Dann lächelte er so wie jemand, der lange Zeit nicht gelächelt hat, brach eine weiße Rose ab und steckte sie zu der weißen, die das Mädchen abgepflückt hatte. »Jemandem, der so hübsch ist wie du, würde ich alle Rosen von Carterhaugh geben«, sagte er.
»Wer bist du?« fragte Janet.
»Mein Name ist Tam Lin«, antwortete der junge Mann.

»Von dir habe ich schon gehört. Du bist doch ein Feenritter«, rief das Mädchen und warf die Blume, die er in ihren Gürtel gesteckt hatte, hastig von sich. »Du brauchst keine Angst zu haben, schöne Janet«, sagte Tam Lin, »wenn man mich auch den Feenritter nennt, so bin ich doch als sterblicher Mensch geboren worden wie du selbst auch.«
Janet hörte verwundert zu, als er ihr seine Geschichte erzählte: »Mein Vater und meine Mutter starben, als ich noch ein Kind war. Mein Großvater, der Graf von Roxburgh, nahm mich zu sich. Eines Tages waren wir in diesem Wald hier auf der Jagd, als ein seltsam kalter Wind aus Norden aufkam. Ich wurde sehr müde. Ich blieb hinter meinen Gefährten zurück und stürzte schließlich vom Pferd. Als ich erwachte, befand ich mich im Reich der Feen. Die Feenkönigin war gekommen, um mich zu stehlen, als ich schlief.«
Hier hielt Tam Lin inne, und es war, als denke er an das grüne verzauberte Land.
»Seitdem«, fuhr er fort, »stehe ich unter dem Bann, den die Feenkönigin über mich verhängt hat. Am Tage bewache ich die Wälder von Carterhaugh, und in der Nacht kehre ich ins Feenland zurück. O Janet, wie gern würde ich wieder das Leben eines gewöhnlichen Sterblichen führen. Ich wünschte von ganzem Herzen, ich käme aus der Verzauberung los.« Er sagte das so unglücklich, daß Janet ausrief: »Und gibt es denn keine Möglichkeit, den Zauber zu brechen?« Da faßte Tam Lin sie bei den Händen und sagte: »Heute Nacht ist Halloween, Janet, und das ist die Nacht der Nächte, wenn man es versuchen will. Zu Halloween reitet das Feenvolk aus, und ich reite mit ihnen.«
»Sag mir, was ich tun soll, um dir zu helfen?« fragte Janet, »denn gar zu gern würde ich das tun.«
»Wenn Mitternacht kommt«, sagte Tam Lin zu ihr, »mußt du zum Kreuzweg gehen und dort warten, bis der Zug der Feen vorbeikommt. Reitet die erste Gruppe heran, so

kümmere dich nicht um sie, sondern laß sie vorüber, auch die zweite Gruppe mußt du nicht beachten. Ich werde in der dritten Gruppe reiten. Mein Pferd ist eine milchweiße Stute, und auf dem Kopf trage ich einen goldenen Reif. Dann lauf auf mich zu, reiß mich vom Pferd, und nimm mich fest in die Arme, so fest, daß ich deine Brüste spüren kann. Was immer dann auch mit mir geschieht, halte mich fest, und laß mich nicht los, so kannst du mich zu den Sterblichen zurückholen.«

Kurz vor zwölf in dieser Nacht eilte die schöne Janet zum Kreuzweg und wartete dort im Schatten eines Dornenbusches. Die Bäche glitzerten im Mondlicht, die Büsche warfen seltsame Schatten, und der Wind raschelte unheimlich im Laub der Bäume. Ganz schwach hörte sie den Klang der Hufe und das Geräusch des Lederzeugs. Da wußte sie, daß die Feenpferde unterwegs waren.

Sie fror und nahm ihren Mantel fester um die Schultern und schaute die Straße hinunter. Zuerst sah sie das Blitzen eines silbernen Zaumzeugs, dann den weißen Blitz auf der Stirn des Pferdes, das zuerst kam. Bald war der ganze Feenzug zu sehen. Die Reiter hatten ihre bleichen Gesichter zum Mond gewandt, und Feenstaub wehte hinter ihnen drein, als sie dahinritten.

Als die erste Abteilung vorbeikam, bei der sich die Feenkönigin auf einer schwarzen Stute befand, verhielt sich Janet ganz still. Auch bei der zweiten Gruppe rührte sie sich nicht. Dann kam die dritte Abteilung, und sie entdeckte das milchweiße Pferd, auf dem Tam Lin saß. Sie sah auch den Goldreif in seinem Haar. Da sprang sie aus dem Schatten hervor, griff den Zügel, zerrte den Mann aus dem Sattel, nahm ihn in ihre Arme und preßte seinen Kopf an ihre Brüste.

Sofort erhob sich Geschrei: »Tam Lin ist verschwunden!«

Auf ihrem Rappen kam die Feenkönigin angepreschen. Sie

wandte sich um und richtete ihre schönen, unmenschlichen Augen auf Janet und Tam Lin.
Der Zauber der Feenkönigin traf Tam Lin. Er wurde kleiner und kleiner, und plötzlich merkte die schöne Janet, daß sie eine Eidechse an ihrem Busen hielt.
Aus der Eidechse wurde eine schlüpfrige Schlange. Sie hatte Mühe, das Tier festzuhalten.
Der Schreck rann ihr durch alle Glieder, als sich die Schlange in ein Stück rotglühenden Eisens verwandelte. Tränen der Furcht rannen Janet über die Wangen, aber sie drückte Tam Lin an sich und ließ ihn nicht gehen.
Da wußte die Feenkönigin, daß sie Tam Lin verloren geben mußte, weil er die unnachgiebige Liebe eines sterblichen Weibes gewonnen hatte, und sie verwandelte den Ritter wieder in seine ursprüngliche Gestalt zurück. Janet hielt plötzlich einen Mann umfangen, der war nackt, so wie er in diese Welt gekommen war, aus dem Schoß seiner Mutter. Der Feenzug hielt noch einmal an. Eine schmale grüne Hand schob sich vor und führte die milchweiße Stute fort, auf der Tam Lin geritten war. Dabei brach die Feenkönigin in bitteres Wehklagen aus: »Der schönste Ritter aus meinem Zug«, so rief sie, »ist verloren an die Welt der Sterblichen. Adieu Tam Lin! Hätte ich gewußt, daß sich eine sterbliche Frau in dich verlieben würde, ich hätte ihr das Herz aus der Brust gerissen und ihr ein Herz aus Stein dafür eingesetzt. Hätte ich gewußt, daß die schöne Janet nach Carterhaugh kommt, ich hätte ihr ihre hübschen grauen Augen aus dem Kopf gekratzt und ihr statt dessen ein Paar Holzaugen angehext.«
Als sie das rief, begann es hell zu werden, und mit einem unheimlichen Schrei gaben die Reiter ihren Pferden die Sporen und verschwanden.
Tam Lin aber küßte Janets verbrannte Hände, und zusammen liefen sie zu dem grauen Schloß, wo Janets Vater wohnte.

Das Braunchen

Es war einmal ein kleiner Junge, der hieß Parcie, und wie bei vielen anderen kleinen Jungen und Mädchen gab es bei ihm immer großes Geschrei, wenn er zu Bett gehen sollte. Er und seine Mutter wohnten in einer kleinen Steinhütte im Land an der Grenze. Sie waren arme Leute, aber wenn am Abend das Feuer hell auf dem Herd knisterte und die Kerzen ihr warmes Licht gaben, dann gab es keinen Ort auf der Welt, der ihnen so gemütlich vorkam wie ihr Haus. Parcie saß dann meist vor dem Feuer. Die Mutter erzählte ihm Geschichten, oder er betrachtete schon schlaftrunken die wechselnden Muster der tanzenden Flammen. Allmählich – viel zu früh, wie Parcie fand – sagte dann seine Mutter: »Jetzt ist's aber Zeit, ins Bett zu gehen, Parcie.«
Nachdem dann Parcie ein dutzendmal und mehr protestiert hatte, kroch er in seine kleine Bettkiste und war schon eingeschlafen, ehe er noch seinen Kopf recht auf die Kissen gelegt hatte.
Eines Abends aber war es die Mutter leid, sich ständig seinen Widerspruch anzuhören, und als er nicht ins Bett gehen wollte, stand sie auf, ging ins Bett und ließ ihn allein am Feuer zurück. »Nun gut«, sagte sie, »dann bleibst du eben auf, Parcie. Wenn die alte Feenfrau kommt und dich mitnimmt, geschieht es dir recht.«
»Ha!« rief der Junge, »als ob ich Angst vor der alten Feenfrau hätte.«
Und er blieb, wo er war.
Nun war es zu dieser Zeit auf den Farmen und Häuslerstellen ganz selbstverständlich, daß ein Braunchen des

Nachts den Schornstein herunterkam, das Zimmer putzte und alles höchst wunderbar in Ordnung brachte. Als Dank dafür stellte Parcies Mutter stets eine Schale mit Ziegenmilch auf die Türschwelle, und noch jeden Morgen war die Schale leer.

Die Hausbraunchen waren freundliche Wesen, aber sie waren leicht beleidigt. Wehe der Hausfrau, die es versäumte, ihnen eine Schüssel mit Milch hinzustellen. Am nächsten Morgen herrschte in diesem Fall im Haus das schlimmste Durcheinander, und nie kam das Braunchen mehr zurück, um aufzuräumen.

Aber das Braunchen, das Parcies Mutter half, fand immer seine Schale mit Milch, und dafür tat es seine Arbeit ausgezeichnet und in aller Stille, während Parcie und die Mutter schliefen. Es hatte aber eine bösartige alte Feenmutter, und an sie hatte Parcies Mutter ihren Sohn erinnert, als sie zu Bett gegangen war.

Eine Weile saß Parcie ganz zufrieden vor dem Herd, sehr stolz, daß er seinen Willen durchgesetzt hatte. Als das Feuer aber kleiner wurde, fröstelte es ihn etwas, und er dachte voller Verlangen an sein warmes Bett. Er wollte gerade aufstehen, als im Kamin ein gräßliches Gepolter losging und das Braunchen kam. Parcie war erstaunt, aber das Braunchen nicht minder, weil es erwartet hatte, Parcie werde längst zu Bett sein. Nachdem er die Gestalt mit den spindeldürren Beinen einen Augenblick angeschaut hatte, sagte Parcie: »Wie heißt du?«

»Ich heiße ich«, antwortete das Braunchen mit einem spitzbübischen Lächeln. »Und du?«

Parcie wußte, daß das Braunchen einen Spaß machte, und beschloß, selbst noch schlauer zu sein.

»Ich heiße auch ich«, sagte er.

Dann spielten Parcie und das Braunchen vor dem Feuer zusammen. Das Braunchen war ein sehr lebhaftes Geschöpf, und Parcie sah voller Erstaunen, wie es vom Kleiderschrank auf den Tisch und von dort auf den Fußboden sprang. Während Parcie in die Glut starrte, sprang plötzlich ein Stück glühenden Holzes heraus und verletzte den Fuß des Braunchens. Das kleine Wesen fing so an zu brüllen und zu schreien, daß die alte Feenfrau es hörte und durch den Schornstein herabrief: »Wer zum Teufel hat dir denn weh getan? Warte nur, gleich komme ich herunter, und dann kann sich der Betreffende auf etwas gefaßt machen.«

Parcie sprang auf, rannte durch die Tür ins Nebenzimmer, kroch in seinen kleinen Bettkasten und zog die Bettdecke bis an die Nasenspitze.

»Ich war's! Ich war's!« kreischte das Braunchen.

»Warum machst du dann ein solches Geschrei?« antwortete die alte Feenfrau, »warum störst du mich mit deinem Gejammer für nichts und wieder nichts? Man kann doch niemanden zur Rechenschaft ziehen, wenn du es selbst warst!« Ein langer, dürrer Arm mit Klauenfingern kam durch den Kamin herab und faßte das Braunchen am Kragen. Fort war es.

Am anderen Morgen fand Parcies Mutter die Schale mit Ziegenmilch, die sie an die Tür gestellt hatte, unberührt, und sehr zu ihrem Ärger kam das Braunchen nie mehr zurück in die Hütte. Obwohl sie so ihre Feenhelfer verloren hatte, war sie dennoch sehr froh. Denn von diesem Tag an mußte sie es Parcie nie zweimal sagen, wenn er ins Bett gehen sollte. Denn, wer weiß, vielleicht hätte das nächste Mal ihn der lange, dürre Arm mit den Krallenfingern am Genick gepackt und durch den Kamin hochgezogen.

Gute Nachricht / schlechte Nachricht

Es waren einmal zwei Freunde, die hatten sich eine ganze Weile nicht mehr gesehen. Der eine fragte den anderen, wie es ihm gehe. Der antwortete, es gehe ihm nicht sehr gut, und seit sie einander zum letzten Mal gesehen, habe er geheiratet. »Aber das ist doch eine gute Nachricht?«
»Nun, so gut auch wieder nicht, denn ich bin an einen Drachen geraten.«
»Ja, das ist schlimm!«
»Na, so schlimm wiederum auch nicht, immerhin hat sie zweitausend Pfund mit in die Ehe gebracht.«
»Ja, das ist doch großartig.«
»Na ja, so großartig auch wieder nicht. Ich habe das Geld in Schafen angelegt, und die Tiere sind alle an einer Seuche gestorben.«
»Schlimm, wirklich.«
»Nun, so schlimm nun auch wieder nicht, die Häute haben mir mehr eingebracht, als ich für die Schafe gezahlt habe.«
»Da hast du aber Glück gehabt!«
»Nun, so viel Glück auch wieder nicht, denn ich hab das Geld in ein Haus gesteckt, und das Haus ist abgebrannt.«
»Das ist wirklich schlimm.«
»Na ja, so schlimm auch wieder nicht. Der Drache von Frau ist auch mit verbrannt!«

Die beiden Taschendiebe

Es war einmal ein Taschendieb, der war in England sehr erfolgreich gewesen, und nun überlegte er sich, er könne doch mal nach Edinburgh gehen, um zu schauen, wie das Gewerbe dort laufe. Er reiste also nach Edinburgh und hatte dort noch mehr Erfolg. Eines Tages ging er die Princes Street hinunter, da merkte er, daß ihm jemand sein Notizbuch aus der Jackentasche gestohlen hatte. Er schaute sich um und sah, daß sich gerade eine hübsche Blondine mit ihrer Beute aus dem Staub machte. Er war sich ganz sicher, daß sie es gewesen sein mußte, die das Notizbuch gestohlen hatte, und war von ihrer Geschicklichkeit bei dem Diebstahl so beeindruckt, daß er ihr nachging und ihr vorschlug, ob sie nicht seine Partnerin werden wolle. Sie war sofort einverstanden, und alles klappte ausgezeichnet. Nach einer Weile sagte sich der Taschendieb aus der Provinz: Wir beide sind die besten Taschendiebe in ganz Edinburgh. Wenn ich sie nun heiraten würde und wir zusammen Kinder hätten, das müßten doch die besten Taschendiebe der Welt sein. Gesagt getan, er machte seiner Partnerin einen Antrag. Sie heirateten, und nach einiger Zeit brachte die Frau ein süßes kleines Baby zur Welt, einen Sohn. Aber das arme Kind war verkrüppelt. Seine rechte Hand war ihm auf der Brust festgewachsen, und die kleine linke Faust hielt er geschlossen. Die beiden Eltern waren sehr traurig. »Aus dem wird nie ein richtiger Taschendieb«, sagte sie, »mit einem gelähmten rechten Arm. Unmöglich!«
Sie brachten das Baby zu einem Doktor und fragten den

um Rat. Der Doktor besah sich das mißgebildete Kind und sagte, es sei noch zu klein, um etwas zu unternehmen, man müsse warten. Aber sie warteten nicht, sie gingen mit dem Kind von einem Arzt zum anderen, und endlich – sie waren zu dieser Zeit wirklich reich – kamen sie zu dem besten Kinderarzt, den es gibt. Der Kinderarzt nahm seine goldene Uhr aus der Tasche und fühlte dem kleinen Patienten am verkrüppelten Arm den Puls. »Alles ganz normal. Was für ein aufgeweckter kleiner Bursche er doch ist. Die Uhr hat es ihm angetan«, sagte er zu den Eltern. Der Arzt machte also die Kette von seiner Jacke los und ließ die Uhr vor den Augen des Babys hin- und herbaumeln. Plötzlich bog sich der verkrüppelte Arm zur Uhr hin, gleichzeitig ging die kleine Faust der linken Hand auf, und zu Boden fiel der goldene Ehering der Hebamme.

Die Jungvermählten aus Aberdeen
und die Schokolade

Es war einmal ein Paar, das gerade geheiratet hatte und auf Hochzeitsreise nach Edinburgh fuhr. Nach dem Hochzeitsempfang, gerade als der Zug die Station von Aberdeen verließ, warf ihm noch jemand eine Zwei-Pfund-Schachtel mit Schokolade ins Abteil und rief dazu: »Viel Glück!« Als der Zug zwanzig Meilen hinter Aberdeen war, fragte die junge Ehefrau ihren Mann, ob sie ein Stück Schokolade haben könne. Sehr unwillig öffnete dieser die Schachtel und sagte: »Na gut. Da hast du eines.« Also, die Frau aß die Schokolade, ließ aber danach keinen Blick von der Schachtel. Offensichtlich hätte sie gern noch ein Stück gegessen. Der Zug überquerte die Tay-Brücke, da bat sie um ein zweites Stück. Wieder kam dieselbe Antwort vom Ehemann: »Na gut. Da hast du eines.« Als der Zug durch Fige fuhr und an die Forth-Brücke kam, bat sie zum dritten Mal um ein Stück. Diesmal sagte ihr Ehemann zu ihr: »Immer langsam, mein Mädchen. Du hast doch wirklich schon reichlich gehabt. Etwas wollen wir doch auch noch für unser Baby aufheben!«

Nachwort

Auf den ersten Blick sind schottische Märchen und Folklore stark geprägt von keltischen Einflüssen. Tatsächlich aber ist das Gewebe der kulturellen Traditionen weit vielfältiger.
Da sind die Caledonier, die in frühester Zeit das Gebiet vom Tal der Tay bis zum Great Glen besetzt hielten und den von Süden vordringenden Römern zu schaffen machten.
Ein keltischer Stamm, genannt die Schotten, überquerte, von Irland her kommend, das Meer im 5. Jahrhundert nach Chr. Die Einwanderer fanden in den Highlands und auf den Inseln die Pikten vor und gaben dem Land seine gälische Sprache.
Schottland bedeutet das Land der Scotti. Obwohl Dalriada das kleinste der sich bildenden Fürstentümer war, kam aus ihm der erste König des vereinigten Schottland. 843 wurde Kenneth MacAlpin König von Alba, wie das Land damals genannt wurde, aber erst nach der Schlacht von Carham 1018 faßte Duncan I. die verschiedenen Stammesgebiete zum eigentlichen Schottland zusammen. Dies allerdings mit Ausnahme der Orkneys, Shetlands und der Hebriden, die zu dieser Zeit von Norwegen beherrscht wurden. Damit sind die wichtigsten Elemente kultureller Überlieferung genannt: Caledonier, Pikten, irische Einwanderer, Nordmänner.
Seit Beginn seiner Geschichte bestand Schottland aus zwei Nationen: den reichen Lowlands (Unterland), wo eine Regierungsherrschaft durchsetzbar war, und den High-

lands, wo es selten möglich war, dem Gebot und Gesetz des Königs und der Obrigkeit Geltung zu verschaffen. Jeder der beiden Landesteile mißtraute dem anderen und schmähte ihn. »Bonnie Prince Charles« stand im Süden in keinem hohen Ansehen, die Highlander ihrerseits standen den Helden der Lowlands wie Black Douglas und Kinmont Willie ziemlich gleichgültig gegenüber.
Auch Mary Stuart war dort nicht eigentlich beliebt, wenn man auch ihren persönlichen Mut anerkannte.
Zwei Namen aber stehen in ganz Schottland in hohem Ansehen, nämlich Robert the Bruce, der sich gegen Edward I. von England erhob und mit den vereinigten High- und Lowlander um die Freiheit des Landes kämpfte. 1307 starb er bei Burgh-on-Sands. Sein letzter Wunsch war, so lange von seiner Armee mitgetragen zu werden, bis seine Gebeine in einem freien Land zur Ruhe gebettet werden könnten. Dazu kam es nie. Sein Grab befindet sich heute in Westminster Abbey.
Nur wenig ist über den anderen Nationalhelden Schottlands bekannt: Sir William Wallace, der in eben dieser Zeit lebte. Alles begann damit, daß er an dem englischen Sheriff von Lanark, der offenbar Wallace' Ehefrau oder Geliebte getötet hatte, seine Rache nahm. Als ein Preis auf seinen Kopf ausgesetzt wurde, erhoben sich die Schotten. Unterstützt von einigen schottischen Adligen, brachte er 1297 bei Stirling Bridge den Engländern eine Niederlage bei. Die überschwenglichen Schotten ernannten ihn zum Statthalter Schottlands. Knapp ein Jahr später machte Wallace den tödlichen Fehler, eine Schlacht anzunehmen, bei der den Schotten eine überlegene Streitmacht der Engländer gegenüberstand. Danach lebte er sieben Jahre im Untergrund, immer auf der Flucht. 1305 wurde er in Glasgow verraten und nach London gebracht und hingerichtet. Sein Kopf wurde auf London Bridge ausgestellt, sein zerstückelter Körper in verschiedenen Städten Schottlands ver-

scharrt. Vor allem die grausigen Umstände seines Todes machten ihn zum Volkshelden, um den viele Geschichten kreisten, die im 15. Jahrhundert ein Dichter, »Blind Harry«, in ein langes Gedicht verwob.

In den Erinnerungen an dieses Idol der kleinen Leute, als das Wallace in die Geschichte einging, tritt der enge Zusammenhang zwischen Folklore und Geschichte als ein typisches Moment schottischer Folklore beispielhaft zutage.

Bis zu der für die Schotten katastrophal endenden Schlacht von Culloden 1746 waren die Highlander seit erdenklicher Zeit in Clans (clan = Kinder) organisiert, die nach dem Sieg des Herzogs von Cumberland über Prince Charles Stuart offiziell zu bestehen aufhörten, aber untergründig dennoch eine wichtige Rolle spielten. Fast alle Highland Clans haben ihren Ursprung in Irland. Sie lassen sich meist bis auf Loarn, Sohn des Erc, zurückverfolgen, einem der drei Brüder, die Ende des 5. Jahrhunderts in Argyllshire das Königreich Dalriada begründeten. Die »Herren der Inseln«, die MacDonalds hingegen, sehen als ihren Stammvater, Colla, Uais aus Irland an. Der Ursprung der Campbells ist rein fiktiv, bei den MacLeods und Nicholsons gibt es ein starkes Element von Nordmännern unter den Vorfahren. Das Konzept des *Clan* unterscheidet sich von dem des *Stammes* darin, daß über die Clanzugehörigkeit die Blutsbande entscheiden, während der *tuath* eine territoriale Basis hat.

Die aus Nordirland eingewanderten Schotten waren nominell Christen, aber noch lange, nachdem sie den Norden der Britischen Insel erobert hatten, lebte dort der Glaube an Feen, Wassergeister, Hexen und Geister der Toten fort.

Der christliche Glaube war durchsetzt mit der Erinnerung an heidnische Rituale (siehe Glossar, Stichwort »Heilige«).

Noch in unserem Jahrhundert ist beispielsweise auf den südlichen Hebriden vom »Gott Michael« die Rede. An seinem Festtag, dem 29. September, *struan Micheil,* backt man in einer Lammhaut einen Kuchen aus den verschiedenen Getreidesorten, der dann vom Priester während der Messe eingesegnet wird.

Viele alte Gebräuche und Vorstellungen sind selbst heute noch in der mündlichen Überlieferung lebendig. Geschichten von der letzten großen Rebellion gegen England 1745 und den Vertreibungen (evictions) des schottischen Adels in den folgenden Jahrzehnten werden erzählt, als habe sich all dies erst gestern zugetragen. Der Glaube an das zweite Gesicht ist mehr oder weniger fast überall in den schottischen Highlands vorhanden. Im gälischen Westen Schottlands gibt es bis heute Menschen, die behaupten, direkten Kontakt mit Feen zu haben. Andere erzählen, diese seien erst kürzlich verschwunden.

Der Kampf gegen die gälische Sprache und die an sie gebundenen Geschichten und Traditionen begann frühzeitig. Zumindest seit einer Schrift von John Carswell, Bischof der Inseln, aus dem Jahr 1567 wissen wir um die Polemik der Kirche gegen solch heidnischen Aberglauben. Das zielte vor allem gegen die Mythen um die *Tuatha De Danaan,* die ursprünglich immerhin auch von Schreibern der frühchristlichen Evangeliare in Freiräumen zwischen den christlichen Texten überliefert worden waren. Springen wir von dem Angriff auf das heidnische Erzählgut zu MacPhesons »Ossian«: gefälschte, aber überzeugend nachempfundene Folklore, um die im 18. Jahrhundert eine europäische Kontroverse entbrannte, die den Blick der literarischen Welt auf den gälischen Westen lenkte. (Siehe auch Glossar, Stichwort »Fionn«)

Zwar trug die Unterdrückung der gälischen Sprache und des mündlichen Erzählens in dieser Sprache durch die protestantische Kirche entscheidend dazu bei, daß viele

Märchenstoffe untergingen, aber letztlich triumphierte doch in den entlegenen Landesteilen die keltische Erzählfreude. Was den Lauf der Zeiten und die politischen Konflikte überdauerte, war umfangreich und bizarr genug.
Die systematische Erfassung der Märchen und Sagen in den schottischen Highlands begann im letzten Jahrhundert mit der großen Arbeit von John Francis Campbell (Iain Òg Ile, der junge John von Islay). Campbell war vor allem an Geschichten der Highlands interessiert und versuchte diese nach den verschiedenen Typen zu ordnen. Ein anderer wichtiger Sammler war Alexander Carmichael, der vor allem die Zaubersprüche und Incantationen sammelte, aber auch alle gälische Folklore, die er hörte. In unserer Zeit ist es die School of Scottish Studies an der Universität von Edinburgh, wo auf Tonband die nun rasch versickernden letzten Stücke einer oralen Überlieferung festgehalten wurden.
Für die Erstellung des Glossars habe ich Ann Ross »The Folklore of the Scottish Highlands«, London 1976, Katharine Briggs, »A Dictionary of Fairies«, Harmondsworth 1976, und Russel Ash, u. a., »Folklore, Myth and Legends of Britain«, London 1977, benutzt.

Frederik Hetmann   Nomborn, August 1995

Kleines Glossar der schottischen Geister, Feen, Heiligen-, Märchen-, Helden- und Sagengestalten

Abbey Lubber: Kleinere Teufel in einer Abtei oder einem Kloster. Eine Reaktion der Phantasie auf den zunehmenden Reichtum der Klöster vom 15. Jahrhundert an. Aus Schottland (J. G. Campbell) wird gemeldet, daß der Abbey Lubber in Gestalt des **Buttery Spirit** in unehrlich geführten Gasthäusern oder in Haushalten auftauchte, in denen Verschwendung getrieben oder Armen nicht die nötige Nächstenliebe gezollt wurde.

Anwoth: Die Sage erzählt, Cardoness Castle sei so schwer zu unterhalten gewesen, daß drei Lairds daran Bankrott gingen. Der vierte wurde so arm, daß er das Dach mit Heidekraut decken mußte, das er im Glenquicken-Moor, vier Meilen entfernt, sammelte und auf seinem Rücken heimschleppte. Als jedoch das Dach wieder gedeckt war, wendete sich das Geschick. Andere Lairds unterwarfen sich ihm, und viele »Reivers« (Outlaws) traten in seinen Dienst. Nur eines verdarb dem Laird die Freude an seinem neuen Glück: Er hatte neun Töchter und keinen Sohn. Als zehntes Kind aber wurde der ihm geboren. Das Fest, das der Geburt folgte, war das grandioseste, das das Schloß je gesehen hatte.
Der Laird hatte beschlossen, daß es an der Zeit sei, seine älteste Tochter an seinen guten Freund, Graeme, den Gesetzlosen, zu verheiraten. Nach der Hochzeit sollte ein Fest auf dem zugefrorenen Loch Black gefeiert werden. Aber da es an einem Sabbath stattfand, kam niemand.
Dennoch versammelten sich der Laird, seine Familie und

sein Gesinde auf der Eisfläche, um zu essen und zu trinken. Plötzlich hörte man ein Geräusch wie ein Gewehrschuß. Das Eis brach, und die gesamte Festgesellschaft versank in dem See und ertrank.

Assipattle: Einer der Cinderlads, der gewöhnlichen Heldenjungen in schottischen Feengeschichten. Assipattle ist der siebente Sohn seines Vaters, eines angesehenen Udaler, der seinen eigenen Grund und Boden bebaut und dem Thing, dem skandinavischen Parlament, angehört. Seine Schwester wird Hofdame der Prinzessin Gemdelovely. Er selbst gilt als töricht und arbeitsscheu und verbringt, ehe diese zu Hofe geht, viel Zeit damit, seiner Schwester – niemand sonst hört ihm zu – Geschichten zu erzählen. Tatsächlich ist er dazu ausersehen, die Prinzessin aus den Klauen eines schrecklichen Drachen, des Mester Stoorworm, zu befreien.

Auchencrow: Dorf, das im 17. Jahrhundert wegen seiner Hexen berüchtigt war.
Im Jahre 1700 wurde ein Bauernjunge verurteilt, weil er eine Frau aus dem Dorf »über dem Atem«, d. h. an der Stirn, verletzt hatte, um sich aus ihrem Zauber zu befreien.

Aughisky: Das Wasserpferd. In den Highlands Each Uisge. Yeats erzählt in seinen »Irish Fairy and Folktales«, daß der *aughiska* (irische Form) besonders häufig im November dem Wasser entsteigt und über Strände und Felder galoppiert. Wenn man sie satteln und zügeln kann, sind es sehr gute Pferde. Man muß sie aber immer im Inland reiten, denn sehen sie auch nur eine Pfütze Wasser, so galoppieren sie darauf zu und reißen unter Umständen ihren irdischen Reiter mit in die See, die ihn verschlingt. Man kann spekulieren, ob die Wasserpferde mit der Wogengöttin und mit Epona, der keltischen Pferdegottheit, in Beziehung stehen.

Baobhan Sith: Bezeichnung aus dem schottischen Hochland für die *Banshee* (Totenklage jaulende Fee in Irland). In Schottland in der Bedeutung von »Feenfrau«, gewöhnlich aber bezogen auf eine Art von Succubus, gefährlich und böse.

Bauchan oder Bogan: Der schottische Hobgoblin-Geist, oft trickreich, manchmal gefährlich, manchmal hilfreich.

Bean-nighe (ben-nije): Kommt in Irland und Schottland vor, eine Verwandte der *Banshee*. Sie erscheint an abgelegenen Bächen und wäscht die blutbefleckten Kleidungsstücke jener, die sterben werden. Sie ist klein, gewöhnlich grün gekleidet und hat rote Schwimmhäute zwischen den Zehen. Sie zeigt Übel an, aber wenn es jemand schafft, ohne von ihr zuerst gesehen zu werden, sich zwischen sie und das Wasser zu schleichen, hat er drei Wünsche frei. Sie aber stellt drei Fragen, die ehrlich beantwortet werden müssen. Jeder, der kühn genug ist, an ihren Hängebrüsten zu saugen, wird von ihr als Ziehkind adoptiert.

Beithir: Seltene Bezeichnung in den Highlands für einen großen *Fuath* (einen Geist, der mit Wasser in Zusammenhang steht). Das Wort steht auch für »Blitz« und »Schlange«.

Biasd Bheulach: (biist wialach): Ein Ungeheuer am Odail-Paß auf der Isle of Skye und einer der Highland-Dämonen. Beschrieben von J. G. Campbell in: »Witchcraft and Second Sight in the Scottish Highlands«.

Blue Men of the Minch: Soll vor allem in der Durchfahrt zwischen Long Island und Shiant Island auftauchen. Schwimmt hinaus, um passierende Schiffe zu versenken, konnte von Kapitänen abgewehrt werden, die gut reimen konnten und immer das letzte Wort hatten. Man nimmt an, daß es sich um gefallene Engel handelt. Plötzliche Stürme, die um die Shiant-Inseln aufkommen, rühren von den *Blue Men* her, die in Höhlen unter Wasser leben und über sich einen Häuptling haben. D. A. Mackenzie erklärt, die Bezeichnung leite sich von maurischen Gefangenen her, die im 9. Jahrhundert von norwegischen Piraten in dieser Gegend verschleppt worden seien.

Bocan (bakohn): Ein Geist, den eine Haßliebe mit der schottischen Familie Callum Mor MacIntosh verbindet und der schließlich mit dieser nach Amerika auswanderte.

Bodach: Die keltische Form des *Bugbear* (Geist, der artige Kinder belohnt). Er kann aber auch durch den Schornstein herabsteigen und unartige Kinder verschleppen. Der Bodach Glas ist ein Todesvorzeichen.

Bogies: Böse, furchteinjagende und gefährliche Geister, die ihre Freude daran haben, die Menschen zu erschrecken oder zu ärgern. Treten manchmal in Gruppen auf.

Bogles: Bösartige *Goblins*, das Zwergenvolk der schottischen »Border«.

Boobrie: Ein riesiger Wasservogel, der die Lochs von Argyllshire bewohnt. Er hat eine schrille Stimme und verschlingt Schafe und Rinder.

Booman: Auf den Orkney- und Shetland-Inselns ein zwergenähnlicher Geist.

Brollachan: Ein formloses Etwas, ein Geist. (J. F. Campbell: »Popular Tales of the West Highlands, Bd. 2, S. 203)

Brownie oder Braunchen: Ein Feentyp, den man als Hausgeist beschreiben könnte. Drei Fuß groß, in zerfetzten braunen Kleidern, mit braunem Gesicht und zerknitterter Haut, etwa unseren Heinzelmännchen entsprechend. Er tut all die Arbeit, die von den Menschen vergessen worden ist. Meist ist er einem Familienmitglied besonders zugetan. Man kann ihn mit einer Schale Rahm und mit einem Brötchen erfreuen. Über die ganze Britische Insel verbreitet, tritt er unter unterschiedlichen Namen auf: *Bwca* in Wales, *Bodach* in den Highlands, *Fendoree* in Manx, im West Country: *Pixy*.

Brownie Clod: Ein Gefährte des *Meg Moulach*, des berühmtesten der Highland *Brownies*.

Brugh oder Bru (bruuh): Das Innere eines Feenhügels. Außerhalb des Brugh liegt der »Sithien«.

Caillagh ny Gromagh: »Die alte Frau des Unheimlichen«. In Schottland ist sie für den Winter und das schlechte Wetter zuständig. Wenn der 1. Februar warm ist, kommt sie hervor und sammelt Holz, um sich im Sommer zu wärmen. Wenn es regnet, sieht man sie nicht, und es bleibt für den Rest des Jahres schön. Ein schöner St. Bride's Day (Heilige Brigitte) ist somit ein schlechtes Omen für den Rest des Jahres. Oft sieht man die alte Frau an diesem Tag in Gestalt eines großen Vogels, der Holz im Schnabel trägt.

Cailleach Bheur (kal jacj vere): In den schottischen Highlands eine blaugesichtige alte Frau, die den Winter personifiziert. Sie scheint auf eine frühe Göttin unter den Briten vor den Kelten zurückzugehen. Es gibt Spuren eines weitverbreiteten Kults in England und Schottland. Donald Mackenzie in »Scottish Folk-Lore and Folk-Life« sieht in ihr eine schottische Artemis. Sie wird auch Tochter der Grianan, der Wintersonne, genannt. Sie wurde jedes Jahr an *All Hallows* wiedergeboren und ging umher, schlug die Erde, um das Wachstum zu fördern und den Schnee zu vertreiben. Am Maiabend warf sie ihren Stab unter einen Stechginsterbusch und verwandelte sich in einen grauen Stein. Man kann vermuten, daß die »standing stones« etwas mit ihrem Kult zu tun hatten. Nach anderen Überlieferungen verwandelte sie sich in ein schönes Mädchen. In einer Geschichte in J. F. Campbells »Popular Tales of the West Highlands« (Bd. III) erscheint sie als häßliches altes Weib in einem Haus, das die Fianna beherbergt, und bittet um einen Platz am Herdfeuer, um sich zu wärmen. Fion und Oisin verweigern ihn ihr, aber Diarmaid interveniert zu ihren Gunsten. Als sie später in sein Bett kriecht, widerspricht er dem nicht, schiebt aber ein Falte der Decke zwischen sich und sie. Nach einer Weile tut er einen »Ausruf des Erstaunens«, denn sie hat sich in die schönste Frau verwandelt, die er je zu Gesicht bekommen hat. Ähnlichkeiten bestehen mit der »Heirat des Sir Gawain« und Chaucers »The Wife of Bath's Tale«.

In einer anderen Geschichte hält sie ein schönes Mädchen bei sich gefangen, in das ihr Sohn sich verliebt. Die beiden entkommen, und Cailleach schickt heftige Winde gegen sie aus, um sie voneinander getrennt zu halten. Sie ist die weibliche Version des Magiers Nicht Nough Nothing.

Wahrscheinlich stellt das flüchtende Mädchen den Sommer dar. Außerdem ist Cailleach der Schutzgeist einer ganzen Anzahl von Tieren. Schließlich ist sie eine Schiffsgöttin und die Wächterin von Brunnen und Bächen.

Cait Sith: Eine Feenkatze in den Highlands. So groß wie ein Hund, schwarz, mit einem weißen Fleck auf der Brust, einem gebuckelten Rücken und aufgestellten Schnurrhaaren. Viele Highlander hielten solche Katzen für Hexen, die diese Gestalt angenommen hatten.

Caoineag (konjag) oder »Heulerin«: Ein den Tod ankündigender Geist in den Highlands. Man hört sie an einem Wasserfall klagen, ehe eine Katastrophe den Clan heimsucht. So warnte sie vor dem Massaker von Glencoe die MacDonalds mehrere Nächte lang.

Ceasg (Ci-ask): Eine Seejungfrau, auch bekannt als *maighdean na tuinne*, Mädchen der Wellen. Der Körper ist der einer schönen Frau mit dem Schwanz eines jungen Lachses, doch wesentlich länger. Wenn gefangen, pflegt sie drei Wünsche zu erfüllen. Geschichten um Seehundmädchen, die Sterbliche heiraten, werden auch von der Ceasg erzählt. Besonders Lotsen, so wird erzählt, gehen aus solchen Verbindungen hervor. Die dunkleren Seiten ihres Wesens erweisen sich in einer von George Henderson in seinem Buch »The Celtic Dragon Myth« erwähnten Geschichte, in der der Held von einer Seejungfrau verschlungen wird. Das süße Spiel seiner Ehefrau lockt die Seejungfrau an Land, und er kann entkommen. Sie ist jedoch weiterhin gefährlich und kann nur durch die Zerstörung der von ihrem Leib trennbaren Seele ganz und gar vernichtet werden.

Coldstream: Die Mitte der Brücke über die Tweed bezeichnet die Grenze zwischen England und Schottland. Am schottischen Ende der Brücke steht ein Zollhaus, hier, wie an den besser bekannten Grenzstationen Gretna Green und Lamberton, konnte man nach einem alten chottischen Gesetz heiraten, das besagte, Paare, die sich vor unabhängigen Zeugen ein Heiratsversprechen geben, gelten nach dem Gesetz als verheiratet. Solche Heiraten waren bis 1940 gültig. Die letzte Eheschließung im Coldstream-Zollhaus fand 1856 statt. In diesem Jahr wurde ein Gesetz erlassen, das vorschreibt, man müsse vor der Eheschließung drei Wochen nördlich der Grenze gelebt haben.

Coluinn gun Cheann (kollun gn schiaun): Der Leib ohne Kopf. Eine Art Schutzgeist der MacDonalds von Morar, der sich gegenüber allen anderen menschlichen Wesen feindselig verhielt. Er trieb sich in der Umgegend von Morar House herum, das auf dem Festland gegenüber dem Sleat of Skye steht, machte aber bei Nacht die »Smooth Mile« unsicher, einen Pfad, der entlang dem Morar-Fluß nach Morar House verläuft. Jeder, der nicht zur Familie gehörte und sich auf diesen Weg wagte, war des Todes. Die Leiche des Betreffenden wurde jeweils am nächsten Morgen verstümmelt aufgefunden. Allerdings behelligt der Geist nie eine Frau oder Kinder.

Crodh Mara: Feenvieh aus den Highlands oder Wasserrinder. Sie sind hornlos, graubraun, aber auf Skye auch rot, gefleckt und schwarz. Ein solches Stück Feenvieh mischt sich unter die Herde der Irdischen, die ihm dann in einen Feenhügel, der sich öffnet, folgt.

Cughtagh: Ein Spukwesen der Highlands, das in Höhlen lebt. In den Romanzen taucht er als ein in einer Höhle wohnender, edler Riese auf.

Culzean Castle: Erbaut 1780 an der Stelle einer früheren Burg, gilt als das schottische Blaubart-Schloß. Die örtlichen Versionen nennen als mörderischen Ehemann »den falschen Sir John«, eine ältere Ballade aber spricht von einem Feenritter, der die Erbin von Culzean entführte und ihr sagte, er werde sie töten. Mit Zauber schläfert sie ihn ein, stiehlt seinen Dolch und bringt ihn ums Leben.

Cu Sith: Der Feenhund der Highlands von grüner Farbe. Er hatte die Größe eines zweijährigen Stiers. Die Füße waren riesig. Wenn er jagte, gab er von Zeit zu Zeit drei Bellaute von sich, die man sogar auf Schiffen draußen auf See hören konnte. Normalerweise war er in der Wohnung der Feen im Inneren eines Hügels angebunden. Er folgte gelegentlich aber auch Feenfrauen, die die Herden der Sterblichen molken.

Dalrymple, Strathclyde: Die örtliche Überlieferung erzählt in der Ballade »The Gipsy Laddie« von der im 17. Jahrhundert lebenden Ehefrau des Earl of Cassillis. Der Anführer einer Gruppe von Zigeunern erschien mit sechs Genossen vor dem Schloßtor, wo sie so wunderbar sangen, daß die Dame des Hauses herauskam, ihnen zuhörte und ihnen dann in die Wälder folgte. Der unglückliche Ehemann suchte lange vergebens nach seiner Frau. Er fand sie mit ihren neuen Freunden schließlich an einem Bach lagern. Er bat sie, mit ihm heimzukommen. Sie aber sagte, sie habe das Leben der Vornehmen und Reichen satt und wollte mit John Faa unter den Zigeunern leben. Darauf ließ ihr Ehemann alle Zigeuner ergreifen, einsperren und schließlich aufhängen.

Des Reiters Wort: Über Jahrhunderte hinweg existierte im Nordosten von Schottland unter der Bezeichnung »Des Reiters Wort« eine Geheimgesellschaft. Ein Heranwachsender galt erst dann als Mann, wenn er in die Gesellschaft aufgenommen worden war. Der Kult hatte sein Zentrum in Huntly in West Grampian und war am aktivsten um 1870. 1930 hatte er immer noch eine beträchtliche Anhängerschaft.
Die Aufnahmezeremonie fand gewöhnlich in einer abgelegenen Scheune am 11. November (Martinmas) statt. Sobald es genug Anwärter gab, schickten die Ältesten ein

einzelnes Pferdehaar in einem Umschlag an den aufzunehmenden jungen Mann. Dem Anwärter wurde dann mitgeteilt, wann man ihn rufen werde und daß er eine Flasche Whisky, einen Topf Beeren oder Marmelade und einen Laib Brot mitzubringen habe.

In der festgesetzten Nacht wurden die Novizen mit verbundenen Augen in die Scheune geführt. Am Eingang versetzte der sie begleitende Reiter ihnen drei leichte Schläge und wieherte. Dann erfolgte eine Befragung, bei der der Neuling sich einem »Priester« vorstellte und erklärte, der Teufel habe ihn über alle Kreuzungen und Windungen der Straße hinkommen heißen.

Gegen Mitternacht begann dann die »Einweihung«. Die Novizen knieten mit verbundenen Augen um einen Priester, ihr rechter Fuß war bloß, und sie hatten die linke Hand erhoben. Man sagte den Neulingen, Kain sei der erste Reiter gewesen und daß sie den Teufel beschwören könnten, indem sie bestimmte Verse der Bibel rückwärts aufsagten. Dann wurde ihnen ein geheimes Wort mitgeteilt. Sagte man es einem Pferd ins Ohr, so gewann man damit unbedingte Gewalt über das Tier.

Obwohl die Novizen zuvor hatten schwören müssen, das Wort weder zu schreiben noch laut herzusagen, hieß man sie unmittelbar darauf, es niederzuschreiben. Fielen sie auf diesen Trick herein, so wurden sie mit dem breiten Ende einer Peitsche oder mit den Gespannketten eines Wagens geschlagen.

Sobald die Zeremonie vorbei war, aß und trank man und erzählte Geschichten. Dem neuen Reiter wurden Ratschläge gegeben, wie er mit Pferden umzugehen und die Magie der Reiter zu praktizieren habe. Am Morgen, ehe die Reiter zu ihren Pferden und zu ihrer alltäglichen Arbeit zurückkehrten, wurde der traditionelle Trinkspruch ausgebracht:

Here's to the horse with four white feet.
The chestnut tail and the mane –
A star on his face and a spot on his breast,
and his master's name was Cain.

Doonie: Schottische Form des *Dunnie* aus Northumberland. Erscheint als Pony, manchmal aber auch als ein alter Mann oder als eine alte Frau. In den bekannten Geschichten rettet oder geleitet er Menschen.

Each Uisce (agh-Iski): s. Aughisky

Ednam: Eine halbe Meile westlich des Dorfes stößt man auf einen Hügel, der »des Pfeifers Grab« genannt wird. Es ist ein Grabhügel der Pikten. Nach örtlicher Überlieferung aber handelt es sich um einen Feenhügel. Ein Dudelsackpfeifer kroch hinein, um die Melodien des kleinen Volkes zu lernen. Da er vergessen hatte, einen ihn schützenden Talisman mitzunehmen, ward er nie mehr gesehen.

Elfenschuß: Krankheit oder Lähmung, hervorgerufen durch die Pfeilspitzen aus Feuerstein, die im Unterland gefunden werden. Hexen erhielten solche Pfeile, wenn sie sich an einem Ritt durch die Luft mit dem Teufel beteiligten, und konnten sie auf Mensch und Vieh abfeuern.

Fachan: Ein Geisterwesen mit einer Hand auf der Brust, einem Bein und einem Auge mitten im Gesicht. Bekannt in den Highlands, aber auch in Irland.

Fetch: Ein Doppelgänger. Wenn man ihn bei Nacht sieht, bedeutet das, daß man bald sterben wird.

Fideal: Ein bösartiger Wasserdämon in den Highlands. Eine Personifizierung der ineinander verflochtenen Sumpfgräser und Wasserlinsen. Tritt am Loch na Fideil in Gairloch auf und soll Menschen anlocken und sie unter Wasser ziehen. Ein Ritter mit Namen Ewen griff das Spukwesen an, tötete es, verlor aber dabei auch selbst sein Leben.

Fionn: Die Bewunderung der Schotten für übermächtige Krieger hat ihre Wurzeln in den Mythen und Legenden, die von frühen Einwanderern über die Irische See aus Irland mitgebracht wurden.

Die bekannteste Gestalt ist *Fionn ma Cumhail* – der irische *Finn mac Cool* –, dessen Namen in der Fingal-Höhle fortlebt. In vielem erinnert Fionn an König Arthur, und wie bei diesem vermischen sich in den Geschichten Mythe und historische Reminiszenz. Wie Arthur gilt Fionn als Anführer einer Gruppe von Kriegern, die das Land gegen Eindringlinge verteidigten. Im Falle von Fionn waren dies die Nordmänner. Eine Geschichte erzählt davon, daß seine Frau mit einem seiner besten Männer davonlief, ganz ähnlich wie Guinevere, die Arthur aus Liebe zu Lancelot verließ.

Die Fianna unterscheidet sich von den Kriegern um Arthur dadurch, daß sie zu Fuß und nicht zu Pferde kämpft und die Jagd dem Krieg vorzieht. Fionn selbst soll mehrere Riesen und übernatürliche Wesen erschlagen haben. Mit seinen beiden Hunden, Bran und Sceolang, stellte er unzählige gefährliche Schlangen, zwei Riesen, die dem Meer entstiegen, und mehrere zauberträchtige Eber, dazu ganze Schiffladungen von Wikingern.

Die Geschichten über Fionn und seine Männer stammen vorwiegend aus Balladen, die zwischen 1100 und 1600 entstanden. Im 18. Jahrhundert veröffentlichte ein Schulmeister aus Badenoch die Übersetzung eines epischen Gedichts, das angeblich von Fionns Sohn, Ossian, verfaßt worden war. Das Buch erregte durch ganz Europa hin Aufsehen und regte die romantisch gesinnten Highländer dazu an, weitere Geschichten über diesen Ahnherrn zu sammeln oder zu erfinden. Dabei ging der irische Hintergrund Fionns völlig verloren, und aus Fionn wurde der Inbegriff eines tapferen und patriotisch gesinnten Schotten.

Fir Chlis: Auch »fröhlicher Tänzer« genannt. Bezeichnung in den Highlands für Aurora Borealis (Nordlicht), aber auch Ausdruck eines ewig fortdauernden Kampfes um eine Feenfrau, manchmal auch als »Teich des Blutes« bezeichnet.

Forres, die Hexen von: Forres ist der Ort auf öder Heide, an dem Shakespeares Macbeth die drei Hexen begegnen. Vielleicht kannte er die Geschichte, die auch später in einem Buch des 17. Jahrhunderts gedruckt wurde. Duff, der König von Schottland, wurde von einer geheimnisvollen Krankheit befallen. Suchtrupps entdeckten Hexen, die bei Forres aus Wachs hergestellte Abbilder des Königs über einem Feuer rösteten. Die Hexen wurden hingerichtet, der König erholte sich, fiel aber 967 in der Schlacht bei Forres im Kampf gegen den Usurpator Colin.

Frid: Ein übernatürliches Wesen, das in den Highlands in Felsen lebt und sich von Milch und auf den Boden gefallenen Brotkrumen ernährt.

Fuath (fu-ah): Sammelbezeichnung für eine Anzahl von Geistern, die alle bösartig und gefährlich sind und in enger Verbindung mit den Lochs, Flüssen und Seen stehen.

Gentle Annis: Wassergeist, verantwortlich für die Südwestwinde im Firth of Cromarty. Ein Tag beginnt mit schönem Wetter, die Fischer laufen aus, der Wind schlägt um, und die Boote geraten in Gefahr. Möglich, daß sich der Name von der keltischen Göttin Anu herleitet.

Ghillie Dhu: Ein Feenwesen der modernen Zeit, das zwischen den Birken und in den Dickichten am Südende des Loch a Druing erscheint. Es wird nach seinem schwarzen Haar »Gill Dubh« genannt. Seine Kleidung besteht aus Blättern und Moos. Gilt als wohltätiges Feenwesen, aber nur eine Person hat es je sprechen hören, nämlich Jessie Macrae, ein kleines Mädchen, das sich eines Nachts im Wald verlief. Der Ghillie Dhu kümmerte sich fürsorglich um das Kind und geleitete es am Morgen heim.

Glenmore Forest: Lamh Dhearg oder die Rote Hand war einst ein gewaltiger Geist mit blutigen Händen, der sich den Wanderern in den Weg stellte und sie zum Kampf herausforderte. Er spukt immer noch in dem Wald, gilt aber nun als Schutzpatron des Wildes.

Gowdie, Isabel: Der aufsehenerregendste Hexenprozeß in Schottland fand 1662 vor dem Sheriff von Auldearn in den Highlands statt. Angeklagt war Isabel Gowdie, eine junge Hausfrau mit blühender Phantasie. Ohne Folter beschrieb sie die bizarren Riten, an denen sie als Hexe teilgenommen haben wollte. Sie beschrieb eine Hexenversammlung von dreizehn Frauen, die Taufe durch den Teufel, teuflische Orgien im einsamen Hügelland. Sie gab an, sie und ihre Gefährtinnen hätten Strohhalme in Pferde verwandelt und später selbst die Gestalt von Katzen, Hasen und Krähen angenommen. Einmal seien sie auch von der Feenkönigin in den Hügeln von Downy empfangen worden.
Weiter gestand sie, die Kinder des Laird of Park umgebracht zu haben. Tonfiguren, die man ins Feuer warf, hätten deren qualvollen Tod herbeigeführt. Weniger erfolgreich waren die Hexen bei ihrem Anschlag auf die Familie des Laird of Lochley. Die Methode bestand angeblich darin, Fleisch von Schafen und Hunden zusammen zu ko-

chen. Der Teufel selbst soll die Brühe umgerührt haben. Dann schüttete man sie an Orten aus, an denen die Familie gewöhnlich vorbeiging. Offenbar lustwandelte sie diesmal auf anderen Wegen, denn sie erfreute sich weiterhin bester Gesundheit. Isabel plauderte vor Gericht Rezepte aus, die sie von der Feenkönigin erhalten haben wollte. Die Umarmungen des Teufels, derer sie sich vor Gericht ebenfalls rühmte, nannte sie reichlich grob. Es ist nicht genau überliefert, was schließlich mit ihr geschah. Wahrscheinlich wurde sie verbrannt.

Gruagach: Manchmal ein Ungeheuer. In den Highlands eine Feenfrau in grüner Kleidung mit langen goldenen Haaren, manchmal schön, manchmal eine dürre Alte, die das Vieh hütet. Das Geistwesen reist viel und steht mit Wasser in Verbindung. Es gab auch in den Highlands männliche Gruagachs, einige stattlich, schlank, grün oder rot gekleidet, aber zumeist nackt wie alle *Brownies* und Schutzgeister der Bauernhöfe, in denen sie auftauchten.

Gunna: Eine nur im Freien auftretende Spezies des *Brownie*, der sich vor allem um das Vieh kümmert. Auf der Isle of Tiree hält der Geist die Rinder von dem noch wachsenden Getreide fern. Er ist elend dürr und bis auf ein zerschlissenes Fuchsfell nackt. Er verschwindet, wenn man versucht, ihm Kleidung zu schenken.

Habetrot: Name des Schutzgeistes der Spinnerinnen in der Border-Region. Identisch mit jenem Wesen, das in dem Grimm-Märchen »Die drei Spinnerinnen« auftaucht. Ein Hemd aus von ihm gesponnenem Stoff schützt gegen alle Arten von Krankheiten.

Die Heiligen Schottlands: Die Heiligen und Apostel, die das Christentum in den Norden der Insel brachten und

damit die heidnischen Mythen ersetzten, sind längst selbst zu legendären Gestalten geworden. Obwohl **St. Andrew** der offizielle Schutzpatron des Landes ist, kann **St. Columban** vielleicht noch größeres Anrecht auf diesen Titel erheben. Er war ein Ire königlicher Herkunft, der sich 563 auf Iona, einer kleinen Insel vor Mull auf dem schottischen Festland, niederließ. Er missionierte bis zu seinem Tod im Jahre 597 und bekehrte die Schotten aus Argyll, viele der Pikten, die damals das übrige Nordschottland bewohnten, und die Angeln in Northumbria und Lothian. Ein ausführlicher Bericht über sein Leben wurde ein Jahrhundert nach seinem Tod von dem Abt von Iona, dem **Heiligen Adamnan**, verfaßt.
Nach der Legende hatte der heilige Mann auch ganz unheilige Seiten. Eine Geschichte berichtet davon, wie Columban durch das Wasser watete und auf eine Flunder trat. Der Fisch verfluchte Columbans von der Gicht verkrüppelte Füße. Der Heilige rächte sich, indem er bestimmte, der Fisch solle von nun an ein schiefes Maul haben.
Überlieferungen in Argyll berichten, Columban habe noch einen Bruder, den **Heiligen Moluag**, gehabt. Beide hatten es auf das fruchtbare Land auf der Insel Lismore abgesehen. In Booten unternahmen sie dorthin ein Wettrennen. Columban schien zu siegen. Da nahm Moluag eine Axt, hackte sich einen Finger ab und warf ihn an Land, um so seinen Prioritätsanspruch zu sichern.
Der Kult des Heiligen Andreas, einer der zwölf Apostel und Schottlands Schutzpatron, soll unter der Herrschaft des Piktenkönigs Angus im 9. Jahrhundert entstanden sein. Gewisse Reliquien des Heiligen sollen von Patras in Griechenland, wo der Heilige gekreuzigt worden ist, nach Kilremont in Fife gebracht worden sein. Die Überlieferung, daß er an einem X-förmigen Kreuz, das sein Emblem wurde, starb, stammt aus dem Mittelalter.
Die Pikten unterstützten den Andreas-Kult als Gegenbe-

wegung zu dem des Heiligen Columban bei den Schotten. Doch als die schottischen Könige mit Tayside die alte Hauptstadt der Pikten eroberten, scheinen sie die Verehrung des Andreas übernommen zu haben.
Viele von Columbans Nachfolgern galten als Heilige, und kuriose Geschichten werden von ihnen erzählt. Von **St. Maoldoraidh** beispielsweise erzählt man sich, er habe durch Zusammenfügen zweier Inseln Islay geschaffen. Vom **Heiligen Ronan** aus Rona sagt man, er sei von Lewis aus auf dem Rücken eines Seeungeheuers gereist. Einer der bekanntesten Schüler des Columban war **St. Donnan** von Eigg, der umkam, als die Untertanen einer Fürstin und deren Armee wildwütiger Amazonen ihn in ein Gotteshaus einsperrten und dann die Kirche in Brand steckten. In der Nacht darauf lockte ein unirdisches Licht die Fürstin und ihre Frauen in ein Loch, wo sie ertranken. Der See heißt heute Loch nam Ban Mora oder See der Großen Frauen.
Die Verehrung der **Heiligen Bride** oder **Brigid** begann offensichtlich mit der Landung von irischen Bevölkerungsgruppen in Schottland. Sie gilt als die Hebamme Marias. Tatsächlich aber dürfte ihr Kult vorchristlich sein und erinnert an den der Brigantia, einer von den nördlichen Briten verehrten Fruchtbarkeitsgottheit. Die Heilige Bride wurde von Frauen während der Entbindung angerufen und sollte ihre Schmerzen lindern. Im Hochland feiert man am 1. Februar ihren Namenstag. Man baut Krippen aus Binsen und bittet die Heilige, sich darin schlafen zu legen und für den Rest des Jahres über das Haus zu wachen.
St. Ninian und **St. Kentigern** hatten beträchtlichen Einfluß auf die Bewohner des alten nordbritischen Königreiches von Strathclyde. Ninian, ein britischer Bischof, der nach Rom kam, wurde von dort vom Papst ausgesandt, um die Schotten zu bekehren. Er gründete 397 ein Kloster bei Whithorn und errichtete dort seine »Candida

Casa«, die als erste christliche Kirche in Schottland gilt. Noch heute befindet sich dort der Sitz eines Priors.

Henkies: Name für den *Trow* auf den Orkney- und Shetland-Inseln. Sie sind daran zu erkennen, daß sie beim Tanzen hinken.

Huntly, Earl of: Häuptling des Gordon-Clan, lieferte sich 1563 mit den Truppen der Maria Stuart eine Schlacht. Huntly zog guten Mutes in den Kampf, bestärkt in seinem Glauben an einen Sieg durch die Hexen von Strathbogie, die ihm geweissagt hatten, er werde am Ende im Zollhaus von Aberdeen liegen, ohne jede Wunde an seinem Leib. Die Armeen stießen am Hügel von Fare, fünf Meilen nördlich von Banchory, aufeinander, und die Gordons wurden geschlagen. Huntly wurde unverwundet gefangen, fiel aber nach einem Schlaganfall vom Pferde. Seine Leiche wurde in das Zollhaus gebracht, womit sich die Weissagung der Hexen erfüllte.

Iona: Alle Prinzen des Nordwestens wollten auf dieser heiligen Insel begraben werden, einmal, weil angeblich die heilige Erde alle Sünden auslöschte, zum anderen, weil bei einer zweiten Sintflut die Insel aus dem Wasser ragen werde.
Reilig Odhrain, der nach Oran, dem Bruder des Heiligen Columban benannte Friedhof, birgt heute die Gebeine von 48 schottischen Königen, von Kenneth Mac Alpin, der die Schotten und Pikten einte, bis zu dem Usurpator Macbeth im 11. Jahrhundert, der Shakespeare zu seinem Drama inspirierte.

Killmoulis: Eine Spezies der *Hob, Brownies* oder Zwerge, die Mühlen heimsucht, sich aber dort um das Wohlergehen des Müllers und seiner Familie kümmert.

Laird of Balmachie's Wife: Eine der bekanntesten schottischen Geschichten über die Entführung einer sterblichen Frau ins Feenreich, bzw. deren Ersetzung durch einen Wechselbalg. Die Feen wollten die Frau des Laird auf die Cur-Hügel hinter Carlunge entführen und entkamen nach ihrer Vertreibung durch den Ehemann durch ein Loch im Dach. Es wurde geflickt, aber Jahr für Jahr durch starken Wind wieder aufgerissen.

Lewis, John: Fast vom ersten Tag an, da er zur See fuhr, erlebte der schwarzhaarige Matrose John aus Stornoway die phantastischsten Abenteuer. Er erlitt Schiffbruch und gelangte auf eine Insel, die von Räubern bewohnt war. Statt ihn zu töten, waren die Räuber so von seinem Mut beeindruckt, daß sie ihn einluden, bei ihnen zu bleiben. Aber John floh unter Mitnahme des von den Dieben erbeuteten Goldes und einer spanischen Prinzessin.
Die beiden wanderten über die Hügel und verliebten sich ineinander. Eines Tages suchten sie Schutz in einer leerstehenden Hütte. John öffnete die Tür und stieß auf drei Männer, die ihre Köpfe in den Händen trugen. Es war dies ein Vater mit seinen beiden Söhnen, die einmal ermordet worden waren und nicht eher Ruhe fanden, bis ihnen jemand wieder die Köpfe auf den Hals setzte. Das tat John, und die Gestalten verschwanden. Später war er froh, ihnen geholfen zu haben. Er heiratete nämlich die Prinzessin und erlitt mit ihres Vaters Flotte abermals Schiffbruch. Als er hilflos irgendwo an Land getrieben wurde, erschienen die drei Geister und geleiteten ihn zu seiner Frau zurück.

Loch Ness: Heute angeblich Aufenthaltsort des Ungeheuers »Nessie«, verbindet sich das malerische und fruchtbare Tal des Sees mit zahlreichen Sagen. Es soll dort eine magische Quelle entsprungen sein, die so lange Wasser gab, wie man das Brunnenloch immer abdeckte. Einmal

unterließ das eine Frau, die ihr Baby schreien hörte. Die Quelle begann überzulaufen. Es entstand eine Überschwemmung. Die Menschen flüchteten sich mit dem Ruf »Tha loch mis ann!« (Da ist ein See jetzt) auf die Berge. Von diesem Ausruf soll der See seinen Namen haben.
Auch zwei Geschichten um den Heiligen Columban verbinden sich mit dem Loch Ness:
Der Heilige zwang einmal Briochan, den Ziehvater des piktischen Königs Brude, ihm ein Mädchen auszuhändigen, das von einem Engel heimgesucht worden war und das er mit einem weißen Stein aus dem Fluß Ness geheilt hatte. Als der Mann die Auslieferung verweigerte und widrige Winde durch Zauber wehen ließ, gelang es Columban, durch seine Heiligkeit die Winde kreuzend zu überwinden, den ganzen See hinaufzusegeln und Briochan zu belangen.
Columban soll es auch gewesen sein, der zum ersten Mal mit dem Ungeheuer zusammenstieß. Dies geschah, als er einem seiner Mönche aufgetragen hatte, durch den Fluß Ness zu schwimmen, um ein Boot vom anderen Ufer herüberzuholen. Auf halbem Weg erschien das Monster und stürzte sich mit Geheul auf den Schwimmer. Columban aber rief: »Halt, weiche zurück, rühre den Mann nicht an!« Das Untier ergriff die Flucht und hat seit dem 14. Jahrhundert niemanden mehr behelligt.

Loireag: Eine Wasserfee von den Hebriden. Wie der *Habetrot* in den Lowlands eine Schutzpatronin der Spinnerinnen. Wacht über das Weben und Waschen der Stoffe, und wenn die Frauen die Gebräuche und Zeremonien nicht beachten, bekommen sie das von ihr zu spüren. Sie liebt Musik und wird böse, wenn eine irdische Frau mit heiserer Stimme oder gar falsch singt.

MacIain Ghiarr: Berühmter Pirat aus den Highlands. Als der Landbesitz von Ardnamurchan den MacIans um 1600 von den Earls of Argyll gestohlen wurde, verweigerten die führenden Mitglieder des Clans die Unterwerfung und wurden Outlaws. Im Jahre 1624 überfielen hundert von ihnen ein englisches Schiff und suchten dann als Piraten die Westküste Schottlands heim. Mehr als ein Jahr plünderten sie immer wieder auf den Hebriden, bis MacLeod of Dunvegan sie vertrieb und sie bei Moidart in den Highlands gefangen genommen und hingerichtet wurden. MacIain Ghiarr wird meist als ein Gesetzloser dargestellt, der Viehdiebstähle von See her ausführte. Seine Tricks soll ihm ein »glaistig«, ein weiblicher Gebirgsgeist, gelehrt haben. Sein Bruder Ronald röstete Wildfleisch auf der Spitze seines Dolches, als das Geisterwesen erschien und etwas abhaben wollte. Ronald vertrieb die Feenfrau, MacIain aber gab ihr von dem Fleisch. Darauf wurde sie seine Sklavin und folgte ihm auf seinen Fahrten zu den Hebriden. Sie hieß ihn ein Gehege bauen, obwohl er kein Vieh besaß. Als es fertig war, zeigte sie ihm, wo er das Vieh stehlen konnte.

MacLean von Duart: Es trifft wahrscheinlich zu, daß eines der Schiffe, der vom Unglück verfolgten spanischen Armada, 1588 in Tobermory Bay in die Luft flog oder sank. Wie sich die Tragödie ereignete, darüber gibt es verschiedene Legenden. Nach einer von ihnen soll sich Viola, die Tochter des Königs von Spanien, im Traum in einen Mann verliebt haben, der auf der fernen Insel Mull wohnte. Also rüstete sie ein Schiff aus und fuhr dorthin. Als sie aber die Insel erreichte, stellte sich heraus, daß MacLean von Duart, der Mann ihrer Träume, schon verheiratet war. Seine eifersüchtige Frau aber habe die Galleone in die Luft sprengen lassen. Ein Koch überlebte. Er wurde vom Luftdruck bis nach Stronmgrabh geschleudert. Viola selbst wurde in Lochaline begraben. Als die Nachricht

Spanien erreichte, wurde Kapitän Forret mit einem weiteren Schiff ausgesandt, um Rache zu nehmen. Als er aber in Tobermory Anker warf, rief MacLeans Weib alle achtzehn Hexen von Mull zu Hilfe. In der Gestalt von Möven erregten sie einen gewaltigen Sturm, und das Schiff sank, wie man sagt, gegenüber der Coire-na-theanchoir-Bucht.

MacLeods Feenfahne: Der Clan der MacLeod besaß angeblich eine Feenfahne, die ihn in der Schlacht unbesiegbar machte. Der Zauber war aber auf drei Mal begrenzt. Den ersten Sieg errangen sie 1490 bei einer Auseinandersetzung mit dem Clan der MacDonalds in Glendale. Der zweite Sieg wurde in Waternist 1520 errungen. Wieder waren die MacDonalds der Gegner. Während des Zweiten Weltkriegs trugen viele Clanangehörige eine Fotografie der Fahne bei sich. 1938 hatte sie Dunvegan Castle vor der vollständigen Zerstörung durch einen Brand bewahrt. Heute steht sie im *drawing room* des Schlosses. Der Seidenstoff scheint nach Auskunft von Experten aus Syrien oder Rhodos zu stammen.

MacPherson, James: Wurde im November 1700 in Banff gehängt. Er war der uneheliche Sohn eines Laird und eines Zigeunermädchens. Er schloß sich der Familie seiner Mutter an und wurde der Robin Hood Schottlands und plünderte die Höfe reicher Bauern. Der Laird von Braco stellte ein Aufgebot zusammen und überwältigte ihn auf einem Jahrmarkt. Eine Frau warf aus einem Fenster eine schwarze Decke über MacPherson. Nur so gelang es, ihn zu fangen. Während er auf seine Hinrichtung wartete, soll er die Melodie »MacPhersons Rant« komponiert haben, die er dann auf seiner Fiedel unter dem Galgen spielte. Er soll sein Instrument einem jeden der Zuschauer seiner Hinrichtung als Geschenk angeboten haben. Als sich aber niemand meldete, zerbrach er die Fiedel über seinem

Kopf, sprang von der Leiter und tötete sich selbst. Viele Leute glauben, daß ein Bote mit der Begnadigung unterwegs war, Duff aber angeordnet habe, die Uhr vorzustellen, um MacPherson loszuwerden.

Major Weir: Das Vorbild für Robert Louis Stevensons Erzählung von »Dr. Jeckyll und Mr. Hyde« dürfte unter anderem ein gewisser Major Thomas Weir gewesen sein, der in Edinburgh im 17. Jahrhundert lebte. 1649 wurde er zum Befehlshaber der City Guard ernannt und überwachte als solcher die Hinrichtung des Royalisten Marquis von Montrose. Weirs Eifer als Verfechter des presbyterischen Glaubens war ein geflügeltes Wort. Er heiratete nie und lebte über Jahre hin mit seiner ältesten Schwester Grizel zusammen.
Plötzlich, mit 69 Jahren, bekannte er, im Dienst des Teufels gestanden zu haben. Sein ganzes Lebens sei durch unaussprechliche Verbrechen besudelt, die er teilweise zusammen mit seiner Schwester ausgeführt haben wollte. Zuerst hielt man ihn für wahnsinnig, dann aber untersuchten ihn Ärzte und stellten fest, er sei durchaus voll zurechnungsfähig. Die Geschwister wurden inhaftiert und vor Gericht gestellt. Grizel galt als »gestört«. Entgegen der Meinung der Ärzte ist es wahrscheinlich, daß auch der alte Major von dem Hexenglauben seiner Zeit verwirrt war.
Bei ihrer Festnahme riet Grizel den Wachen, vor allem Weirs Stab zu beschlagnahmen, denn der sei ein Geschenk des Teufels und die Hauptquelle für die Macht ihres Bruders. Der Stab gehe für den Bruder einkaufen, öffne Besuchern die Tür und stolziere auf der Straße vor ihm her.
Bei dem Gerichtsverfahren im Jahr 1670 erinnerten sich die Nachbarn an viele ungewöhnliche Ereignisse, die sich in Weirs Haus in West Bow zugetragen haben sollten. Aber die Verurteilung beruhte vor allem auf Verbrechen, die die beiden selbst eingestanden hatten. Dazu gehörten

Zauberei, Unzucht, Umgang mit einem Geist und Grizels Fähigkeit, ungewöhnlich große Mengen Garn zu spinnen. Beide wurden dazu verurteilt, erst gehängt und dann verbrannt zu werden. Die Hinrichtung des Majors fand außerhalb der Stadtmauern statt, und sein Stab wurde mit ihm verbrannt. Grizel hängt man an einem Galgen in Grassmarket auf.
Für ein Jahrhundert nach der Hinrichtung blieb das Haus, das die Geschwister bewohnt hatten, leer, aber der Geist des Majors samt seines Zauberstabs spukte angeblich des Nachts in den Straßen des Viertels. In dem leerstehenden Haus wollte man unheimliche Lichter brennen sehen und Gelächter gehört haben. Merkwürdigerweise konnte sich später niemand mehr daran erinnern, wo das Haus gestanden hatte. Aber gelegentlich hörte man noch das Geräusch des Zauberstabs und sah Grizel mit rußgeschwärztem Gesicht in einer Gasse auftauchen.

Mestert Stoorworm: Drache, wohl eine aus Skandinavien auf die britische Insel eingewanderte Vorstellung. Dieser ist der erste, größte und Vater aller schottischen Drachen. Er hat einen feurigen Atem und tötet jedes menschliche Wesen, das ihm begegnet. Nachdem ihn der Drachentöter Assipattle getötet hatte, spuckte er seine Zähne aus, aus denen die Orkney-, die Faröer- und die Shetland-Inseln entstanden. Seine gespaltene Zunge wikkelte sich um eines der Mondhörner, sein verkrümmter Leib erhärtete, und so entstand im Norden Island.

Mey (Highlands): Im Schloß von Mey, auch Barrogill Castle genannt, zeigt sich ein Geist. Die Überlieferung sagt, daß die Tochter des 5. Earl von Caithness sich in einen Pflüger verliebte und von ihrem Vater in das höchste Zimmer des Turmes eingesperrt wurde. Um zu verhindern, daß sie ihrem Geliebten bei der Arbeit zusah, wurde das eine Fenster zugemauert. Das unglückliche Mädchen stürzte sich aus dem anderen Fenster hinab in den Hof.

Muilearteach (muljar-tach): Die Wassergestalt, die die *Cailleach Bheur*, die blaugesichtige Alte, die den Winter verkörpert, annimmt. Manchmal erscheint sie und bittet, sich am Feuer wärmen zu dürfen, bläht sich dann riesig auf und nimmt ein wildes Aussehen an.

Noggle: Bezeichnung für den *Kelpie* auf den Shetlands. Erscheint als schönes, kleines, graues Pferd von der Größe eines Shetland-Ponys, mit Zügeln und gesattelt. Hält gern Wassermühlen an oder verlockt Fußgänger dazu, auf seinen Rücken zu steigen. Dann trabt er mit ihnen ins Meer und taucht unter.

Nuckelavee: Eine Schreckensfigur der im Erfinden von Schreckensbildern sehr einfallsreichen schottischen Folklore, ein Seeungeheuer, eine Art von abstoßendem Zentaur.

Pechs oder Pehts oder Pikten: In den schottischen Lowlands Bezeichnung für die Feen. Es besteht ein Zusammenhang mit den Erbauern von Rundtürmen, wie sie in Brevchin und Abernethy zu sehen sind. Aus der Beschreibung bei R. Chambers geht hervor, daß sie kleine Wesen mit roten Haaren und besonders langen Armen sind. Die Füße sind breit, und sie benutzen sie bei Regen als Regenschirm. Die Pechs sind große Baumeister. Sie bauten angeblich alle alten Schlösser im Land.

Scot, Michael (gestorben um 1175): War ein Astrologe, Seher und ein berüchtigter Zauberer, der angeblich auf einem Zauberpferd nach Frankreich geflogen sein soll, um Entschädigung für die Überfälle französischer Piraten zu verlangen. Als bei jedem Aufstampfen des Pferdes alle Glocken von Paris zu läuten begannen, soll der König von Frankreich den Forderungen des lästigen Schotten entsprochen haben.

Selkies: Ein Geistertier aus der See, nicht immer ein Seehund, wie manchmal angenommen. Verwandt mit den irischen *Merrows*, die rote Kappen statt Seehundhäuten trugen, die es ihnen erlaubten, sich im Wasser zu bewegen. Wassermänner und Wasserfrauen. Sie wohnen häufig in unter der Wasseroberfläche gelegenen Höhlen.

Shellycoat: Ein von Scott in seinen »Minstrels of the Scottish Border« beschriebener Wassergeist. Der Körper ist mit Muscheln bedeckt, die klappern, wenn das Wesen sich bewegt. Es liebt es, die Menschen zu necken und an der Nase herumzuführen, eigentlich aber eher harmlos; wie Robin Goodfellow (in England) gibt er nach erfolgreichem Tun Gelächter von sich.

Shony (schah-nii): Ein uralter Wassergeist der Isle of Lewis, dem bis ins 18. Jahrhundert hinein Opfer dargebracht wurden.

Shoopiltee: Die auf den Shetlands verbreitete Version des Wasserpferdes.

Skene, Alexander (1680–1724): Ein junger schottischer Adliger reiste nach Italien, um dort die Schwarze Kunst zu lernen, und kehrte sieben Jahre später als ein erfahrener Zauberer zurück. Allerdings hatte er seinen Schatten eingebüßt. In seiner letzten Nacht in Italien wurde ihm und seinen Mitschülern vom Meister erklärt, nun sei es an der Zeit, die Rechnung zu begleichen, und den letzten bissen die Hunde, d. h. hole der Teufel. Der junge Adlige ging als letzter, und der Teufel kam. Doch der junge Mann vermochte ihn glauben zu machen, es komme noch ein weiterer Schüler hinter ihm. Jedenfalls nahm der Teufel seinen Schatten. Skene, so der Name des Teufelsschülers, soll danach nach Skene House, zehn Meilen westlich von Aberdeen, zurückgekehrt sein. Der Laird, so die Sage, werde jeweils von vier Geistwesen, einer Krähe, einem Falken, einer Elster und einer Dohle, begleitet. In Hogmanay, so heißt es, säßen die Vögel neben ihrem Herrn und Meister in einer Geisterkutsche, die von schwarzen Pferden ohne Kutscher und Geschirr gezogen werde. Ihr Ziel sei jeweils der Kirchhof von Skene. Dort öffnen der Laird und seine Diener die Gräber und entnehmen ihnen die Leichen ungetaufter Babys als Nahrung für seine vier Vögel.

Sluagh (sluua): Die Schar. Nämlich der unerlösten Toten, die Geisterwesen. Die großartigsten Wesen unter den Feenwesen des Hochlandes. Bei Evan Wentz findet sich eine Aussage von Marian MacLean aus Barry, in der zwischen Feen und der Schar unterschieden wird.
Feen sieht man bei oder kurz nach Sonnenuntergang. Sie laufen über den Boden wie wir Menschen auch. Die Schar ist durch die Luft unterwegs. Man sieht sie über von Menschen bewohnten Orten. Die Schar erscheint in der Nacht, genau um Mitternacht.

Spunkies: Die schottische Version des englischen *Will O' the Wisp*. Läßt Schiffe stranden und führt Menschen auf Land in die Irre. In manchen Gegenden findet sich auch die Vorstellung, es handele sich um die Seele eines ungetauften Kindes.

Schwanenmädchen: Geisterwesen, die über die ganze Welt hin bekannt sind, aber vielleicht am häufigsten in keltischen Märchen erscheinen. Häufig die Töchter eines königlichen Zauberers. Ein Held sieht sie baden, verliebt sich in sie und stiehlt ihnen ihr am Ufer abgelegtes Federkleid. Der Schwan ist die häufigste Form, die diese Wesen annehmen, aber sie treten auch als Tauben und Fasanen auf. In der bekanntesten Version der Märchen um Schwanenjungfrauen stellt der mit Zauber begabte Vater des oder der Mädchen dem Held eine Aufgabe, ehe dieser die Schwanenjungfrau heiraten darf.

Tam O'Shanter: Berühmte Ballade des schottischen Dichters Robert Burns (1759–1796), der als Freidenker, harter Trinker und Frauenheld selbst zur Legende wurde.
Burnes hörte als Kind in Alloway, Strathclyde, gern Gruselgeschichten, aus denen er später die berühmte Ballade wob. Sie beschreibt, wie Tam in der Kirk of Alloway eine Versammlung von Hexen stört, die ihn dann bei seiner Flucht auf Meg, seiner alten grauen Mähre, verfolgen. Die schnellste unter den Hexen, »Cutty Sark«, ist ihm dicht auf den Fersen, als die wilde Jagd den Fluß Doon erreicht. Im Wasser haben die Hexen keine magische Gewalt. So kann Tam schließlich über die Brücke entkommen.

Tarans: In Nordost-Schottland werden die Geister von Babys, die ohne Taufe gestorben sind, Tarans genannt.

Trows: In Shetland das, was in Skandivanien die Trolle sind. Ein Trow, der sich bei Sonnenaufgang über der Erde befindet, kann in seine unterirdische Wohnung erst nach Sonnenuntergang zurückkehren.

Whuppity Storrie: Das schottische Rumpelstilzchen. Quelle: Chambers »Popular Rhymes of Scotland«.

Quellenverzeichnis

Der schwarze Stier aus Norwegen: Robert Chambers, Popular Rhymes of Scotland. 3. Aufl., London und Edinburgh 1870.

Der Schwarze König von Marokko: Peter Buchan, Ancient Scottish Tales, Darby 1980.

Der junge König von Easaidh Ruadh: J. F. Campbell: Popular Tales of the West Highlands, Edinburgh 1860–1862, erzählt von James Wilson, einem blinden Fiedler, aufgezeichnet von Angus MacQueen, der in Ballochpoy nahe Portaskaig lebte. Dieser wiederum hatte es um 1820 von eben jenem Fiedler in Islay gehört, als dieser die Geschichte für Hector MacLean, Schulmeister in Islay, rezitierte.

Die Abenteuer des Ian Direach: J. F. Campbell, a.a.O.

Die Tochter des Riesen: J. F. Campbell, a.a.O. Eine Variante aus der Bretagne findet sich im Märchen »Der Winter und der Zaunkönig«. Beide Versionen stellen Variationen zu dem Typ 313 (Tochter des Seeteufels und magische Flucht) dar. Es handelt sich um eines der bekanntesten Märchen aus dem indogermanischen Repertoire. Man hat eine frühe Fassung bereits auf einer Tontafel in den Bergwerken des antiken Chaldea gefunden.

Der König der Lügner: Tonbandumschrift. School of Scottish Studies, erzählt von Hamish Henderson von Andrew Stewart, 1956.

Der Große Wind: School of Scottish Studies, Maurice Fleming von Bella Higgins.

Lod: J. F. Campbell, a.a.O.

Der König, der seine Tochter heiraten wollte: J. F. Campbell, a.a.O.

Der König von England: erzählt von Andrew Stewart, einem wandernden Tinker (Zigeuner) im August 1954 in Causewayend, Aberdeen, im Haus von Jeannie Robertson, einer berühmten Balladensängerin und selbst eine wandernde Zigeunerin. Vorgesehen für eine geplante Sammlung »Folktales of Scotland«, deren Herausgeber Andrew Stewart ist.

Henderson bemerkt dazu: »Es war der große Sommer, als Jeannies winziges Haus voller Freunde, Verwandter und zufälliger Besucher war, alle begierig, mir die Aufzeichnung von Balladen, Geschichten, Reimen, Fiedelmusik und so weiter zu ermöglichen. Das Personal des Hauses wechselte wie eine ständige mobile Commedia dell'arte. Die Kinder blieben auf, so lange wie möglich, streckten sich dann auf dem Flur aus und schliefen wie die Puppen. Andrew, ein Mann in den fünfziger Jahren, kam, als Jeannies Tante Maggie ›The Forester in the Wood‹, eine Version von Child 110, sang, er wartete noch ab, bis sie ›Bogie's Bonnie Bell‹ und ›The Dewie Dens o' Yarrow‹ gesungen hatte, dann ließ er ›Der König von Schottland‹ vom Stapel. Gefragt, wo er die Geschichte gelernt habe, antwortete Andrew: ›Von meinem Gehirn‹.«

Es handelt sich um ein langes Zaubermärchen, das in zwei Varianten auch bei den Grimms auftritt. Kurt Ranke hat 770 Versionen des Märchens in seiner Publikation »Die Zwei Brüder« (Folklore Fellow Communication 114) gesammelt. Es ist über ganz Europa verbreitet, kommt aber besonders häufig in Finnland, Irland, Deutschland, Frankreich und Ungarn vor.

Tom der Reimer: F. J. Child (ed.), The English and Scottish Popular Ballads, Boston 1857.

Der Schmied und die Feen: J. F. Campbell, a.a.O., S. 49, erzählt von Rev. Thomas Pattieson, Islay.

Die Wände des Hauses, in dem die beiden berühmten Schmiede lebten, stand im 19. Jahrhundert noch, und zwar standen sie in der Nähe der Pfarrkirche von Kilchoman, Islay, an einem Platz, der Caonis gall genannt wurde.

Feengeschichten: J. F. Campbell, a.a.O., S. 55.

Der verlorene Reiter: W. W. Gibbings, Folk-Lore and Legends, Scotland, London 1889. Es sind zahlreiche Versionen dieser Geschichte aus Norwegen und Dänemark bekannt. Über die ganze Britische Insel hin ist die Vorstellung verbreitet, daß ein Wassergeist einmal im Jahr oder alle sieben Jahre ein Menschenleben fordert.

Nuckelavee: Sir George Douglas, Scottish Fairy and Folk-Tales, Walter Scott, London 1893.

Adam Bel, Clym of the Clough und William von Cloudesley: W. Carew Hazlitt, National Tales and Legends, o. J.

Die blaue Mütze: J. F. Campbell, a.a.O.

Die Geschichte von Sir James Ramsay von Banff: R. Chambers: Popular Rhymes of Scotland, New Edition, 3. Auflage, London und Edinburgh 1870.
Nessus de Ramsay, der Begründer der Familie von Banff, war eine bemerkenswerte Persönlichkeit im 13. Jahrhundert. Er hatte das Amt eines Arztes bei König Alexander II. inne und erhielt ein großes Lehen in dem Kirchspiel, das noch immer seinen Nachfahren gehört. Er hatte durch eine gefährliche Operation dem König das Leben gerettet. Nach der Überlieferung hatte er ein Haarknäuel aus dem Herzen des Königs entfernt. Einer seiner Nachkommen, James Ramsay, gelangte ebenfalls in seinem Beruf zu besonderem Ansehen. Er war der Arzt von James I. und Charles I.

Burke und Hare: School of Scottish Studies, John Elliott, Notebooks.
Die Darstellung der fünfzehn Morde, die von Burke und Hare begangen wurden, ist im großen und ganzen richtig, wenngleich die Aufklärung der Verbrechen durch eine alte Frau mit Namen Margret Docherty, der Ehefrau des Silly Jimmy, geschah, eines Mannes, den die beiden ebenfalls zuvor ermordet hatten. Die Verbrechen beeindruckten die Phantasie der Menschen ungemein, und es entstanden eine ganze Menge von Geschichten über »Burkers«, die später unter dem fahrenden Volk gesammelt worden sind.

Tam Lin: F. J Child (ed.), The English and Scottish Popular Ballads, Boston 1857 f.

Das Bräunchen: J. F. Campbell, a.a.O.

Gute Nachricht / schlechte Nachricht: mündlich aus Edinburgh.

Die beiden Taschendiebe: mündlich aus Glasgow.

Die Jungvermählten aus Aberdeen und die Schokolade: erzählt von Donald MacLeen aus Tobermory, während seiner Studienzeit in Edinburgh 1965 im Sandy Bell's Pub.

Der Herausgeber und Übersetzer dankt der »Enzyklopädie des Märchens«, Göttingen, und ihren freundlichen Mitarbeitern für die Unterstützung beim Aufspüren der schottischen Textvorlagen.

Märchen der Welt
Themenmärchen

Märchen der Antike
Herausgegeben von
Erich Ackermann
Band 2891

Märchen von Brüdern und Schwestern
Ulrike Blaschek-Krawczyk (Hg.)
Band 11629

Märchen von Drachen
Sigrid Früh (Hg.)
Band 11380

Märchen vom Essen und Trinken
Herausgegeben von
Hans-Jörg Uther
Band 11326

Märchen von Feen
Herausgegeben von
Frederik Hetmann
Band 10936

Märchen vom Feuer
Herausgegeben von
Barbara Stamer
Band 13183

Die Frau, die auszog, ihren Mann zu erlösen
Europäische Frauenmärchen
Herausgegeben von Sigrid Früh
Band 10463

Märchen vom Glück
Herausgegeben von
Hannelore Marzi
Band 12815

Gruselmärchen
Herausgegeben von
Erich Ackermann
Band 12751

Märchen von Handwerkern
Herausgegeben von
Frieder Stöckle
Band 11379

Märchen von Hexen und weisen Frauen
Sigrid Früh (Hg.)
Band 10462

Indianermärchen aus Kanada
Herausgegeben von
Fredrik Hetmann
Band 10203

Indianermärchen der Pueblo, Hopi und Navajo
Herausgegeben von
Frederik Hetmann
Band 10202

Jüdische Märchen
Herausgegeben von
Israel Zwi Kanner
Band 2898

Fischer Taschenbuch Verlag

Märchen der Welt
Themenmärchen

Märchen von Katzen
Herausgegeben von
Barbara Stamer
Band 12546

Keltische Märchen
Herausgegeben von
Frederik Hetmann
Band 2899

Märchen von Männern
Herausgegeben von
Stephan Marks
Band 11392

Märchen von Mördern und Meisterdieben
Herausgegeben von
Volker Ladenthin
Band 2887

Musikmärchen
Herausgegeben von
Leander Petzoldt
Band 12463

Märchen von Nixen
Herausgegeben von
Barbara Stamer
Band 10972

Orientalische Frauenmärchen
Herausgegeben von
Hannelore Marzi
Band 12652

Märchen von Riesen
Herausgegeben von
Erich Ackermann
Band 11674

Märchen von Sonne, Mond und Sternen
Herausgegeben von
Ulrike Blaschek-Krawczyk
Band 12531

Märchen von Teufeln
Wilhelm Solms/
Sigrid Früh (Hg.)
Band 12219

Märchen von Tieren
Herausgegeben von
Leander Petzoldt
Band 11943

Märchen von Treue und Freundschaft
Herausgegeben von
Hannelore Marzi
Band 11933

Märchen vom Wasser
B. Stamer (Hg.)
Band 12810

Märchen von Zwergen
E. Ackermann (Hg.)
Band 12472

Fischer Taschenbuch Verlag

Märchen der Welt
Ländermärchen

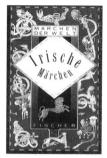

Afrikanische Märchen
Herausgegeben von
Friedrich Becker
Band 2890

Märchen aus Andalusien
Herausgegeben von
Frederik Hetmann
Band 12556

Arabische Märchen
Herausgegeben von
U. Assaf-Nowak
Band 2892

Märchen der australischen Ureinwohner
Herausgegeben von
Herbert Boltz
Band 2893

Balkan-Märchen
Herausgegeben von
Leander Petzoldt
Band 12744

Märchen der Bretagne
Herausgegeben von
Erich Ackermann
Band 2894

Chinesische Märchen
Josef Guter (Hg.)
Band 2895

Märchen aus Elsaß und Lothringen
Herausgegeben von
Marlies Hörger
Band 10651

Märchen aus England
Herausgegeben von
Frederik Hetmann
Band 10686

Französische Märchen
Herausgegeben von
Marlies Hörger
Band 10465

Märchen aus Griechenland
Herausgegeben von
Constance Ott-Koptschalijski
Band 11527

Indische Märchen
Herausgegeben von
Johannes Hertel
Band 2896

Irische Märchen
Herausgegeben von
Fredrik Hetmann
Band 2897

Märchen aus Island
Herausgegeben von
Ursula Mackert
Band 10684

Märchen aus Italien
Herausgegeben von
Silvia Studer-Frangi
Band 10946

Fischer Taschenbuch Verlag

Märchen der Welt
Ländermärchen

Märchen der Kalmücken
Herausgegeben von
J. Dshambinowa
Band 11676

Märchen aus Litauen
Herausgegeben von
Jochen D. Range
Band 11798

Märchen aus Mallorca
Herausgegeben von
Alexander Märker
Band 11129

Märchen aus Österreich
Herausgegeben von
Leander Petzoldt
Band 11064

Märchen aus Persien
Herausgegeben von
Inge Hoepfner
Band 2900

Märchen der Provence
Herausgegeben
von Marlies Hörger
Band 10656

Russische Zaubermärchen
Herausgegeben
von Sigrid Früh
und Paul Walch
Band 12557

Märchen aus Rußland
Herausgegeben von
Alexei N. Tolstoi
Band 2901

Märchen aus Schottland
Herausgegeben von
Frederik Hetmann
Band 11391

Märchen aus der Schweiz
Herausgegeben von
Sigrid Früh und
Götz E. Hübner
Band 11939

Märchen aus Südamerika
Felix Karlinger (Hg.)
Band 10685

Märchen aus Tibet
Herausgegeben von
Herbert Bräutigam
Band 2902

Türkische Märchen
A. Uzunoglu-Ocherbauer (Hg.)
Band 2903

Märchen aus Ungarn
Herausgegeben von
Leander Petzoldt
Band 12063

Fischer Taschenbuch Verlag

Märchen der Welt
Sonderbände

Das große Buch der Märchen
Herausgegeben von Monika A. Weißenberger
Band 11932

Märchen und Geschichten zur Weihnachtszeit
Mit zahlreichen Abbildungen
Herausgegeben von Erich Ackermann
Band 2874

Märchen und Geschichten zur Winterzeit
Herausgegeben von Erich Ackermann
Band 11446

Märchenreise durch Europa
Herausgegeben von Sigrid Früh
Band 12198

Die wahren Märchen der Brüder Grimm
Herausgegeben von Heinz Rölleke
Band 2885

Iring Fetscher
Wer hat Dornröschen wachgeküßt?
Das Märchen-Verwirrbuch
Band 11317

Zauberpferd und Nebelriese
Märchen zum Vorlesen
Herausgegeben von Ulrike Blaschek-Krawczyk
Band 12888

Fischer Taschenbuch Verlag